릴케 시집

릴케 시집

R. M. 릴케

송영택 옮김

문예출판사

차 례

첫 시집

첫 시집

Erste Gedichte

오래된 집 안에서

Im alten Hause

오래된 집 안. 활짝 트인 눈앞에
프라하 전체가 널찍한 둥근 원을 그리고 있다.
멀리 아래쪽에는 황혼 녘이
소리를 죽이며 살금살금 자국걸음으로 지나간다.

시내는 유리를 사이에 두고 보는 것처럼 뚜렷하지 않다.
다만 높다랗게, 투구를 쓴 거인처럼
성 니콜라스 성당의 녹청색 둥근 지붕만
선명히 우뚝 솟아 있다.

멀리 무더운 거리의 끊임없는 소음 속에
벌써 여기저기 등불이 깜박거리고 있다.
지금, 이 오래된 집 안에서
누군가 "아멘"이라고 말하고 있는 것 같다.

저녁

Abend

변두리의 마지막 집 뒤로
쓸쓸하게 빨간 저녁 해가 진다.
장중한 시詩의 끝맺이를 외며
낮의 환호성이 그친다.

그 잔광은 늦게까지도
지붕 모서리에 여기저기 남으려 한다,
어느새 검푸른 먼 하늘에
밤이 다이아몬드를 뿌릴 때.

밤에

Bei Nacht

어느새 프라하의 하늘 높이
밤이 커다랗게 피어 있다, 꽃받침같이.
나비 같은 햇살은 그 휘황한 빛을
꽃으로 핀 밤의 서늘한 품에 감추었다.

교활한 난쟁이, 달은 높이 솟아서 히죽거리다가
송이 모양이 된
밝은 은빛 부스러기를
지분지분 몰다우강에 뿌린다.

그러다가 갑자기, 감정이 상한 듯이
빛을 불러들이고 말았다.
그의 경쟁자를
탑시계의 환한 문자판을 알아보았기 때문이다.

겨울 아침

Wintermorgen

폭포가 꽁꽁 얼어붙었다.
연못 물가에 까마귀들이 웅크리고 앉아 있다.
나의 사랑하는 사람은 귀가 빨갛다.
그녀는 무슨 재미있는 장난을 궁리하고 있다.

태양이 우리를 가볍게 쓰다듬는다. 꿈과 같이
단조短調의 음향 하나가 나뭇가지 사이를 떠돌고 있다.
그러나 우리는 앞으로 나아간다. 온 숨구멍이
아침 기력의 좋은 향기로 가득 차서.

해넘이의 마지막 인사

Der letzte Sonnengruß

베네스 크니퍼의 그림에

거룩한 태양이 녹아들고 있었다,
하얀 바다 속으로 뜨겁게—
바닷가에 수도사 두 사람이 앉아 있었다,
금발의 젊은이와 백발의 늙은이가.

늙은이는 생각하고 있었다.
언젠가 나도 쉬게 되리라, 이렇게 편안히—
젊은이도 생각하고 있었다.
내가 죽을 때도 영광의 광채가 내리기를.

이 노란 장미를

Die Rose hier, die gelbe

이 노란 장미를
어제 그 소년이 내게 주었다.
오늘 그 장미를 들고
소년의 무덤으로 간다.

꽃잎에는 아직
물방울이 맺혀 있다.
오늘 눈물인 이것
어제 이슬이던 것…….

무엇이 어떻게 되는지 알 수가 없다

Weiß ich denn wie mir geschieht?

무엇이 어떻게 되는지 알 수가 없다.
향긋한 미풍 속에
청동색 풀 줄기 속에
외로운 귀뚜라미의 노래.

내 영혼 속에도 깊숙이
서럽고 그리운 노래가 울린다.
열병을 앓는 아이에게는
돌아간 어머니의 노랫소리가 이렇게 들리리라.

둔탁한 회색 하늘에서

Fahlgrauer Himmel, von dem jede Farbe

둔탁한 회색 하늘에서
모든 빛이 불안스레 퇴색해 간다.
멀리 매맞은 자국과도 같은
한 줄기 새빨간 선이 있을 뿐.

혼란스러운 노을빛이 사라졌다가는 다시 살아난다.
그리고 실바람 속에
있는 듯 없는 듯 장미 향기 같은 것이,
소리 없이 흐느끼는 울음소리 같은 것이…….

향기 짙은 밤이 공원에 내려앉는다

Die Nacht liegt duftschwer auf dem Parke

향기 짙은 밤이 공원에 내려앉는다.
달의 하얀 거룻배가 벌써
보리수 가지에 상륙하려 하는 것을
별은 가만히 보고만 있다.

먼 곳에서 분수가 노래한다,
아주 오랫동안 잊고 있던 동화를.
그리고 조용히 사과가 떨어진다,
높이 자라난 꼼짝 않는 풀밭에.

떡갈나무 고목들 사이를 지나
새로 빚은 포도주의 짙은 향기를
파란 날개 위에 가벼이 싣고
가까운 언덕에서 밤바람이 불어온다.

클로드 모네, 〈눈 속의 짚 더미〉(1890)

은빛으로 밝은

Im Schoß der silberhellen Schneenacht

은빛으로 밝은, 눈이 쌓인 밤의 품에 널찍이 누워
모든 것은 졸고 있다.
걷잡을 수 없는 슬픔만이
누군가의 영혼의 고독 속에 잠 깨어 있을 뿐.

너는 묻는다, 영혼은 왜 말이 없느냐고
왜 밤의 품속으로 슬픔을 부어 넣지 않느냐고—
그러나 영혼은 알고 있다, 슬픔이 그에게서 사라지면
별들이 모두 빛을 잃고 마는 것을.

산에서 저녁 종소리가 울린다

Abendläuten

산에서 저녁 종소리가 울린다.
점점 풀이 죽는 소리로 반복해서 울려온다.
초록 골짜기의 밑바닥에서 올라온 서늘한 바람이
팔랑이는 것을 너는 느낀다.

목장의 하얀 샘에서 그 바람이 솟아나고 있다,
더듬거리는 어린아이의 기도처럼.
그것은 검은 전나무 숲을 빠져 나간다,
백 살이나 된 어스름한 빛처럼.

구름과 구름의 이음매를 뚫고
저녁노을이 암벽을 향해 빨간 빛을 던진다—
그리고 그 빛은 현무암의 수많은 어깨를 타고
소리도 없이 내리비춘다.

고요한 집의 창문에는 빨갛게 노을이 타고

Die Fenster glühten an dem stillen Haus

고요한 집의 창문에는 빨갛게 노을이 타고
정원은 온통 장미 향기로 가득 차 있었다.
흰 구름 사이마다 높이 저녁 어둠이
움직이지 않는 대기 속에서
날개를 활짝 펼치고 있었다.

종소리 하나가 강가의 마을로 흘러들었다……
하늘나라가 호소하는 것처럼 상냥하게.
그리고 나는 보았다. 속삭임이 가득한 자작나무 위 높이
반짝이기 시작한 새 별들을 은밀하게 밤이
해쓱한 청색으로 물들이고 있는 것을.

아름다운 한 송이의 커다란 꽃처럼

Wie eine Riesenwunderblume prangt

아름다운 한 송이의 커다란 꽃처럼
세계는 향기롭고 찬란하다.
그 꽃잎에 파란 날개의 나비 한 마리—
그것은 오월의 밤이다.

움직이는 것 하나 없고, 은빛 촉각만 반짝이고 있다.
그러다가 벌써 빛이 바랜 날개로 아침을 향해 날아간다.
그곳에 이른 나비는 불꽃처럼 빨간 과꽃에서
죽음을 마신다…….

이상할 만큼 하얀 밤이 있다

Es gibt so wunderweiße Nächte

이상할 만큼 하얀 밤이 있다.
그런 밤에는 모든 사물이 은빛으로 반짝인다.
그리고 많은 별이 상냥히 빛난다.
경건한 예언자들을
새로 태어난 아기 예수에게 인도하고 있는 듯.

조밀한 금강석 가루를 뿌려 놓은 듯
멀리 평야와 강물이 보인다.
그리고 꿈에 잠긴 사람의 마음속으로
예배당이 없는 신앙이 스며들어
조용히 그의 기적을 행한다.

아침 해가 동쪽 하늘을 서서히 밝힐 때도

O gäbs doch Sterne

아침 해가 동쪽 하늘을 서서히 밝힐 때도
결코 빛이 죽지 않는 별들이 있었으면 한다.
그런 독특한 별들을
나의 영혼은 자주 꿈꾸어 왔다.

금빛 여름날의 하루,
햇빛을 마시고 지쳐 버린 눈이
그곳에 가고 싶어 할,
온화하게 반짝이는 그런 별들을.

저 높이 바쁘게 움직이는 별의 세계에
정말로 그런 별이 끼어 있다면—
사랑을 숨기고 사는 사람들
그리고 시인들은 거룩하게 여기리라.

참으로 슬프기만 하다

Mir ist so weh, so weh, als müßte

참으로 슬프기만 하다,
세상이 온통 잿빛으로 잠겨 드는 것처럼.
사랑하는 사람이 내게 키스하고는
다시는 만나지 말자는 것처럼.

어느 언덕 위에서 어느 소녀가
마지막 남아 있는 시든 장미를 몰래 내게서 훔쳐 갔기에
내가 죽어 누워 있는데, 머릿속에는
견딜 수 없는 괴로움이 솟아나듯이.

성스럽게 여기는 추억 하나가

Ein Erinnern das ich heilig heiße

성스럽게 여기는 추억 하나가
내 마음의 가장 깊은 곳을 비추고 있다.
대리석 신상神像의 새하얀 빛이
숲에서 희미하게 빛나고 있다.

지나간 나날의 행복한 추억
사라진 5월의 추억—
하얀 두 손이 받쳐 드는 향의 연기
나의 조용한 나날이 그 곁을 지나간다.

사랑이 어떻게 너에게로 왔는가

Und wie mag die Liebe dir kommen sein

사랑이 어떻게 너에게로 왔는가.
햇살처럼 꽃보라처럼
기도처럼 왔는가.

반짝이는 행복이 하늘에서 내려와
날개를 접고
꽃피는 나의 가슴을 크게 차지한 것을…….

하얀 국화가 피어 있는 날이었다

Das war der Tag weißen Chrysanthemen

하얀 국화가 피어 있는 날이었다.
그 짙은 화사함이 어쩐지 불안했다.
그날 밤 늦게 조용히
네가 내 마음에 다가왔다.

나는 불안했다. 아주 상냥히 네가 왔다.
마침 꿈속에서 너를 생각하고 있었다.
네가 오고, 그리고 동화에서처럼
은은히 밤이 울려 퍼졌다.

피에르-오귀스트 르누아르, 〈정원의 여인〉(1873)

너는 아직도 기억하고 있을까

Ob du's noch denkst, daß ich dir Äpfel brachte

너는 아직도 기억하고 있을까. 내가 너에게 사과를 주었던 일을.

그리고 너의 금빛 머리카락을 살며시 예쁘게 빗겨 준 일을.

너는 알고 있을까. 그것은 아직도 내가 잘 웃던 때였던 것을.

그리고 너는 아직도 철없는 어린아이였던 것을.

어느덧 나는 웃지 않게 되었다.

내 가슴속에 젊은 희망과 묵은 슬픔이 불타고 있었다…….

언제였던가 여선생이

너에게서 《베르테르》를 빼앗던 무렵이었다.

봄이 부르고 있었다. 나는 네 뺨에 입맞춤을 했다.

네 눈은 크게 기쁨에 넘쳐 나를 쳐다보았다.

일요일이었다. 멀리서 종소리가 울리고

숲 사이로 햇빛이 새어 내리고 있었다…….

우리 둘은 생각에 잠겨 있었다

Wir saßen beide in Gedanken

우리 둘은 생각에 잠겨 있었다
포도나무 잎 그늘에 앉아 있었다—너와 나는—
머리 위 향긋한 덩굴 속 어딘가에
꿀벌이 은은히 윙윙대고 있었다.

오색의 둥긋한 반사광선이
너의 머리카락에 잠시 쉬었다.
나는 단 한 번 나직이 말했다.
"어쩌면 그렇게도 고운 눈을 가졌나."

꿈을 꾸는 듯 잔잔한 얼굴에서

Es ist ein Weltmeer voller Lichte

꿈을 꾸는 듯 잔잔한 얼굴에서
순결한 영혼이 넘쳐흐를 때
사랑하는 그녀의 눈언저리에
빛이 가득한 한바다가 감돈다.

그 빛이 너무 눈부셔 몸이 떨린다.
소리도 없이 문이 열리며
화사한 크리스마스트리가 나타날 때
숨을 죽이고 발을 멈추는 어린아이처럼.

밤은 은빛으로 반짝이는 옷을 입고

Die Nacht im Silberfunkenkleid

밤은 은빛으로 반짝이는 옷을 입고
한 줌 꿈을 뿌린다.
꿈은 마음속에 속속들이 스며들어
나를 취하게 한다.

어린아이들이 금빛 호두와
불빛으로 가득한 크리스마스를 보듯
나는 본다, 네가 5월의 밤을 거닐며
꽃송이 송이마다 입맞춤하는 것을.

어느 봄날에선가 꿈에선가

Im Frühling oder im Traume

어느 봄날에선가 꿈에선가
언제였던가 너를 본 적이 있다.
지금 우리는 가을날을 함께 걷고 있다.
그리고 너는 내 손을 잡고 흐느끼고 있다.

흘러가는 구름을 울고 있는가.
핏빛처럼 붉은 나뭇잎 때문인가. 그렇지 않으리.
언젠가 한번 행복했기 때문이리라.
어느 봄날에선가 꿈에선가…….

먼 먼 옛날의 일이다

Es ist lang, _es ist lang...

먼 먼 옛날의 일이다……
언제였는지 알 수도 없다……
종이 울리고, 종다리가 지저귀고—
가슴은 기쁨으로 울렁이고 있었다.
싱그러운 숲 위에 하늘이 빛나고
딱총나무에는 꽃이 피어 있었다—
그리고 나들이옷을 입은 날씬한 소녀가
의아스러운 듯이 눈을 크게 뜨고……
먼 먼 옛날의 일이다…….

나의 신성한 고독이여

Du meine heilige Einsamkeit

나의 신성한 고독이여,
잠 깬 정원처럼
너는 풍요롭고 맑고 넓다.
나의 신성한 고독이여,
그 앞에서 갖가지 소망이 기다리고 있는
황금의 문들을 굳게 잠가 두렴.

에두아르 마네, 〈아르장퇴유의 세느 강변〉(1874)

개울은 나직이 노래를 하고

Der Bach hat leise Melodien

개울은 나직이 노래를 하고
먼지와 도시는 먼 곳에 있다.
우듬지는 여기저기 눈짓을 하여
나를 지치게 한다.

숲은 깊고 세상은 멀다.
나의 마음은 맑고도 크다.
창백한 고독이 그의 무릎에
나의 머리를 포근히 눕혀 준다.

잊힌 듯이 들 가운데 서서

Ich liebe vergessene Flurmadonnen

잊힌 듯이 들 가운데 서서
외롭게 누군가를 기다리는 성모상을 사랑한다.
그리고 꿈에 잠겨 한적한 우물가로 나가는
머리에 꽃을 꽂은 블론드의 소녀들을.

별을 보고는 놀라워 눈을 뜨고
햇볕을 받으며 노래하는 아이들을,
노래를 가져오는 밝은 대낮을,
온갖 꽃이 피어나는 깊은 밤들을.

눈에 덮인 그윽한 전나무 숲을 지나

Der Abend kommt von weit gegangen

눈에 덮인 그윽한 전나무 숲을 지나
저녁은 멀리서 온다.
그러고는 창문마다
그의 차가운 뺨을 대고 귀를 기울인다.

모든 집이 조용해진다.
노인들은 안락의자에 묻혀 생각에 잠기고
어머니들은 모두 여왕님 같다.
아이들은 놀려고 하지 않고
하녀들은 이제 실을 잣지 않는다.
저녁은 집 안으로 귀를 기울이고
안에서는 바깥으로 귀를 기울인다.

하늘은 회색으로 빛나며

Das Wetter war grau und grell

하늘은 회색으로 빛나며 곱게 드리우고 있었다.
저녁은 더 밝아져 가고, 더 고요해진다.
아마도 어디선가 임금님이 오시나 보다.
집집마다 환하게 등불이 켜져 있다.

저녁 종소리가 축제일처럼
아주 장엄하게 은은히 울렸다.
어른들은 나와서 하늘을 우러르고
아이들은 행복에 마음이 부푼다.

언젠가 다시 너를 보고 싶다

Einmal möchte ich dich wiederschauen

언젠가 다시 너를 보고 싶다,
보리수 고목이 울창한 정원이여.
그리고 가장 숙부드러운 여인과 함께
신성한 먼 곳으로 가고 싶다.

눈부신 백조들은 자랑스럽게
반짝이는 물 위를 미끄러져 나가고
물속에 잠겨 있는 도시의 전설처럼
바닥에서 솟아 나온 고운 수련꽃.

정원에는 둘뿐 아무도 없다.
갖가지 꽃들이 아이처럼 피어 있다.
우리는 미소 짓고, 귀를 기울이며 기다린다,
누구를 기다리나 서로 묻지 않으며…….

카사비안카

Casabianca

회색 모자를 덮어쓴 수도사들이
비탈진 측백나무 숲을 올라와서 닿는
산허리의 작은 성당 하나를
나는 알고 있다.

거기 제단 감실에는
세상에서 잊힌 성인들이 쓸쓸히 머물고 있고
옴폭한 창문으로 들어온 저녁놀이
그들의 후광으로 비치고 있다.

보덴 호수

Bodensee

여러 마을이 하나의 정원 안에 있는 것 같다.
희귀한 양식의 탑 안에서
서러운 듯이 종이 울린다.
물가의 성城들은 기다리면서
검은 균열 사이로
피로한 듯이 한낮의 호수를 바라본다.

부풀어 오른 잔물결이 찰랑거리고
금빛 증기선은 조용히
밝은 뱃길을 가른다.
나아가는 저편에
은빛 산들이
수없이, 수없이 떠오른다.

콘스탄츠

Konstanz

죽음처럼 서러운 날이다.
그것은 내키지 않은 듯이 황금의 잔으로
산에 쌓인 눈 속에 포도주를 따르고 있다.

호숫가의 인목 위 높이
노루처럼 겁이 많은 별 하나가 수줍어하고 있다.
그리고 자잘하게 흔들리는 고운 윤슬이
저무는 호수를 잘게 썰고 있다.

5월이 와서 갖가지 놀라움이 쌓여 얽힐 때

Ich möchte draußen dir begegnen

5월이 와서 갖가지 놀라움이 쌓여 얽힐 때,
꽃가지에서 마음을 달래 주는 은혜로운 축복이
조용히 방울져 떨어져 올 때,
밖에서 너를 만났으면 얼마나 좋으랴.

외로운 길가의 가냘픈 십자가에
재스민의 하얀 꽃가지가 닿아서
주님 이마의 가시지 않는 서러운 생각을
살포시 살포시 감싸 안을 때.

참으로 이상하다

Fremd ist, was deine Lippen sagen

참으로 이상하다, 네 입술이 속삭이는 말은.
참으로 이상하다, 너의 머리카락이, 너의 옷이.
참으로 이상하다, 네 눈이 묻는 여러 가지 물음이.
그럼에도 우리의 어수선한 나날에서
잔잔한 파동 하나도
너의 깊은 곳, 기이한 세계에는 닿지 않는다.

너는 꼭 저 성인상 같다.
텅 빈 제단에서
아직도 두 손을 모으고 있는,
아직도 옛날의 화환에 싸여 있는,
아직도 조용히 기적을 행하는—
기적이란 이미 먼 옛날에 없어져 버렸는데.

수많은 기적을 일으키는

Will dir den Frühling zeigen

수많은 기적을 일으키는
봄을 너에게 보이리라.
봄은 숲에서 사는 것,
도시에는 오지 않는다.

쌀쌀한 도시에서
손을 잡고서
나란히 둘이 걷는 사람들만이
언젠가 봄을 볼 수 있게 되리라.

나는 서러웠다

Mir war so weh. Ich sah dich blaß und bang

나는 서러웠다. 너의 얼굴은 창백하고 불안에 싸여 있었다.
꿈에서였다. 너의 영혼이 노래하고 있었다.

들릴 듯 말 듯 은은히 나의 영혼도 노래를 불렀다.
우리 둘은 서로 노래를 불렀다. 나는 괴로웠다고.

그러자 나의 깊숙한 곳이 차분히 갈앉았다.
꿈과 낮 사이의 은빛으로 빛나는 하늘에 나는 누워 있었다.

마리 로랭상, 〈입맞춤〉(1927)

때때로 나는 어머니를 간절히 원한다

Ich sehne oft nach einer Mutter mich

때때로 나는 어머니를 간절히 원한다,
하얀 머리의 조용한 여인을.
무엇보다도 그 사랑 속에서 내가 꽃피었던 것이다.
얼음처럼 차갑게 내 마음에 기어든 이 격한 증오를
어머니는 쉬이 녹여 주실 것 같다.

그렇게 되면 우리는 나란히 앉을 것이고
벽난로에는 불꽃이 나직이 중얼거릴 것이다.
정다운 입술에서 나오는 말에 나는 귀를 기울이고
찻잔 위에는, 등불을 맴도는 나방처럼
마음의 안정이 감돌 것이다.

어머니가 말했다

Die Mutter

어머니가 말했다.

"얘야, 날 불렀니?"
그 말은 바람 속에 묻혔다.
"너에게 갈 때까지 아직도
험한 계단을 얼마나 더 올라야 하니?"
어머니의 목소리는 별들을 찾아냈지만
딸은 찾지 못했다.

골짜기 깊숙한 곳에 있는 선술집의
마지막 남은 불빛이 꺼졌다.

인생은 크다

Manchmal fühlt sie: Das Leben ist groß

인생은 크다. 부서지는 물결보다 더 거칠고
숲에 몰아치는 폭풍보다 더 세차다.
어머니는 때때로 이렇게 느낀다.
그리고 가만히 시간을 풀어주고
마음은 꿈에 맡긴다.

그러고는 알게 된다, 그윽한 경치 위에 별 하나가
말없이 반짝이고 있다는 것을,
그리고 자기 집의 벽이 모두 하얗다는 것을.
그래서 생각한다, 인생은 멀고도 알 수 없는 것이라고.
그러고는 주름진 두 손을 모은다.

초기 시집

Die Frühe Gedichte

동경이란

Das ist die Sehnsucht

동경이란, 출렁이는 물결 속에 살며
시간 속에 고향을 갖지 않는 것.
소망이라는 것은 나날의 시간이
영원과 속삭이는 나직한 대화.

산다는 것은, 시간 중에서 가장 고독한 시간이
하나의 어제에서 떨어져 나와
다른 시간과는 다른 미소로
영원한 것을 말없이 마주할 때까지.

나는 하나의 정원이 되고자 한다

Ich will ein Garten sein

나는 하나의 정원이 되고자 한다. 그 샘가에서
수많은 꿈이 수많은 새 꽃을 피우는—
그 꽃들은 저마다 자신의 생각에 잠기며
말없는 대화 속에 하나가 된다.

그리고 꽃들이 이리저리 거닐 때, 그 머리 위에서
나뭇가지가 술렁이듯이 나의 말도 술렁거렸으면 한다.
또한 그들이 쉴 때, 들리지 않는 그들의 목소리를
그들의 선잠 속에서 묵묵히 듣고자 한다.

요란한 삶을 추구하지 않고

Ich will nicht langen nach dem lauten Leben

요란한 삶을 추구하지 않고
서름한 날들을 남에게 물을 생각도 없다.
내 자신이, 서늘한 곳에서 꽃받침이 받쳐 주는
새하얀 꽃으로 피어남을 느끼고 있다.

봄날의 대지에서 많은 것이 움터 나오고
땅속에서 그 뿌리들이 자양분을 듬뿍 빨아들인다.
축복해 주지 않을 여름철이 오더라도
그것에 굴복하지 않기 위하여.

일상에서 수척해진 말

Die armen Worte, die im Alltag darben

일상에서 수척해진 말,
눈에 띄지 않는 말을 나는 사랑한다.
흥에 겨워서 색채를 부여하면
그들은 미소를 띠며 서서히 기뻐하는 기색을 보인다.

겁을 먹고 기가 죽어 있던 말들이
누구나 알아볼 수 있을 만큼 생기를 찾는다.
한 번도 노래에 나온 적 없는 그들이
떨면서 지금 나의 노래 속을 거닐고 있다.

나는 지금 끝없는 오솔길을 걷고 있다

Ich gehe jetzt immer den gleichen Pfad

나는 지금 끝없는 오솔길을 걷고 있다.
누군가를 위하여 장미꽃이
막 피어날 준비를 하고 있는 정원을 따라.
그러나 아직도 오랫동안
그들은 나를 반겨 주지 않을 것 같다.
고마운 생각도 노래도 없이
그들 곁을 그냥 지나가야 할 것 같다.

선물을 받지 못한 나는
행진을 시작한 사람에 지나지 않다.
더 행복하고 훤하며
점잖은 사람들이 오기 전까지
장미는 모두 바람 속에서
빨간 깃발처럼 피어나리라

인생을 이해하려 해서는 안 된다

Du mußt das Leben nicht verstehen

인생을 이해하려 해서는 안 된다.
인생은 축제일 같은 것이다.
하루하루를 일어나는 그대로 받아들여라.
길을 걷는 어린아이가
바람이 불 때마다 실려 오는
많은 꽃잎을 개의치 않듯이.

어린아이는 꽃잎을 주워서
모아 둘 생각은 하지 않는다.
그것이 머무르고 싶어 하는데도
머리카락에 앉은 꽃잎을 가볍게 털어버린다.
그러고는 앳된 나이의
새로운 꽃잎에 손을 내민다.

너의 깊숙한 곳에서 너울거리는 꿈을

Träume, die in deinen Tiefen wallen

너의 깊숙한 곳에서 너울거리는 꿈을
그 어둠에서 모두 풀어 주라.
꿈은 분수와 같아서 더 밝게
수반의 품으로 다시 떨어진다,
노래같이 음정을 잡으며.

그렇다. 어린아이같이 되는 것이다.
모든 불안은 바로 시작이지만
대지는 끝이 없다.
무서움은 몸짓이고
동경은 대지의 마음이다—

나는 나의 천사를

Ich ließ meinen Engel lange nicht los

나는 나의 천사를 오랫동안 놓아주지 않았다.
천사는 나의 품속에서 가난해지고 작아졌다.
그리고 나는 커졌다.
갑자기 나는 불쌍한 생각이 들었고
천사는 떨면서 간절히 부탁했다.

그래서 나는 천사를 하늘로 보내 주었다—
그러나 모습은 보이지 않지만 천사는 내 가까이에 그대로 있다.
천사는 떠다니는 것을 배웠고, 나는 삶을 배웠다.
그리고 우리는 어느새 서로를 고맙게 여기게 되었다…….

나는 예감한다

Und ich ahne

나는 예감한다. 해 질 녘 고요 속에는
제물을 바치는 옛 풍습이 남아 있다.
불어오는 실바람은 숨결이 더 깊어진다.

무엇인가 성취된 것이

웅크린 검은 덤불에 몸을 구부린다.
별들이 따로따로 떨어져서 높이 올라간다.
그리고 어둠도 올라간다.

구스타프 로아조, 〈노트르담 성당〉(1909)

성城이 있다

Ist ein Schloß

성이 있다.
성문 꼭대기에 사라져 가는 문장紋章.
그보다 높이
나뭇가지들이 손짓을 하고 있다.

서서히 저물어 가는 창문에
반짝이는 파란 꽃 한 송이가
얼굴을 드러내고 있다.

그것은 울고 있는 여인의 모습이 아니다—
황폐한 성 안에서, 가문의
마지막 여인이 눈짓을 하고 있는 것이다.

그 작은 교회에 가려면

Zur kleinen Kirche mußt du

그 작은 교회에 가려면 비탈길을 올라가야 한다.
그것을 언덕 위에 세운 것은
이 가난한 마을이 그들의 침묵을
교회가 내려다보며 지켜 주었으면 했기 때문이다.

그러나 봄이 그것을 더 높이 세울 수 있다.
그래서 교회는 새하얀 신부처럼 밝게 미소를 짓고
이제 마을의 오두막은 보지도 않는다.
그리고 그저 봄만 바라보고, 종소리도 제대로 내지 않는다.

맨 먼저 피는 장미가 잠을 깬다

Erste Rosen erwachen

맨 먼저 피는 장미가 잠을 깬다.
그 향기가
보일 듯 말 듯한 미소처럼 은은하다.
제비 같은 날렵한 날개로
낮의 대기를 가볍게 스치는 것 같다.

네가 내미는 손끝에는
아직도 두려움이 있다.

가물거리는 빛은 모두 소심하고
울림소리는 아직 귀에 설고
밤은 너무 새롭다.
그리고 아름다움은 수줍음이다.

눈부신 길이 빛 속에 녹아들었다

Blendender Weg, der sich vor Licht verlor

눈부신 길이 빛 속에 녹아들었다.
포도밭 일대에 햇볕이 무겁다.
갑자기, 꿈속에서처럼 하나의 문이 나타난다,
보이지 않는 벽에 커다란 문이.

문의 목재는 이미 햇볕에 바랬다.
그래도 아치형 테두리에는
문장紋章과 왕후의 장식 무늬가 남아 있다.

문을 들어서면 너는 손님이다, 어느 가문의?
덜덜 떨면서 너는 주위의 황무지를 둘러본다.

때때로 한밤중에 문득

Manchmal geschieht es in tiefer Nacht

때때로 한밤중에 문득
바람은 어린아이처럼 잠을 깬다.
가로수 길을 외롭게 지나서
바람은 살그머니 마을에 들어간다.

바람은 연못을 스치고
여기저기 귀를 잰다.
집들은 모두 창백하고
참나무 숲은 말이 없다…….

지난날 네가 나를 보았을 때

Als du mich einst gefunden hast

지난날 네가 나를 보았을 때
나는 너무나 어린 소녀였다.
한 가닥 보리수 가지처럼
조용히 네 속으로 피어 들었다.

무엇이라 부를 수 없을 만큼 어렸으므로
나는 그리움 속에서만 살아 왔나니,
무엇이라 불러도 좋을 만큼 자랐노라고
네가 말하는 지금 이 시각까지.

그리하여 나는 느낀다,
내가 바로 신화神話며, 오월이며, 한바다라는 것을.
그리고 내가 포도주 향기처럼
네 마음에 무겁게 자리 잡고 있는 것을…….

나는 외로운 고아

Ich bin ein Waise. Nie

나는 외로운 고아.
나에게 이야기를 들려 준 사람은 하나도 없다.
아이들의 마음을
북돋우기도 하고 달래기도 하는 이야기를.

어디서 갑자기 들을 수 있을까.
누가 나에게 들려주려나.
그이를 위하여 나는 아는데,
바닷가에 전해 오는 온갖 전설을.

너희들 소녀는

Ihr Mädchen seid wie die Gärten

너희들 소녀는
저물어 가는 4월의 정원,
하고많은 길 위로 봄은 헤매어
아직도 어느 곳에 머물지 못한다.

너희는 여왕, 참으로 풍성하다

Königinnen seid ihr und reich

너희는 여왕, 참으로 풍성하다.
꽃피어 있는 수목들보다
노래가 풍성하다.

애, 저 낯선 사람은 얼굴이 정말 창백하지?
그러나 더욱더, 더욱더 창백한 것은
저이가 좋아하는 아름다운 꿈.
연못에 피어 있는 연꽃 같은 것.

너희는 그것을 이내 알았다.
너희는 여왕, 참으로 풍성하다.

파도가 너희를 위하여

Die Welle schwieg euch nie

파도가 너희를 위하여 침묵하지 않듯이
너희도 조용하지 않고
파도처럼 늘 노래한다.
너희가 마음속 깊이 원하고 있는 것이
모두 노래가 된다.

아름다움 속에 배어 있는 수줍음이
너희의 가슴에 그런 노래를 자라나게 하는가.
너무나 앳된 소녀의 슬픔이 노래가 되어 울려오는가—
누구를 위하여 울려오는가.

살포시 그리움이 찾아들 듯이
그렇게 노래는 와서
너희의 신랑과 함께 사라져 버릴 것을…….

너희들 소녀는 작은 거룻배

Ihr Mädchen seid wie die Kähne

너희들 소녀는 작은 거룻배.
언제나
시간의 갯가에 매여 있다—
그래서 너희들의 얼굴은 창백하다.
깊이 생각지도 않고
너희들은 세찬 바람에 몸을 맡긴다.
너희들의 꿈은 작은 못.
때때로 갯바람이 불어와 너희들을 끌고 간다,
밧줄이 다할 때까지.
너희들은 그런 바람을 좋아한다.
누이들이여, 지금 우리는 황금의 끈으로
동화의 조가비를 끌고 가는
백조들이다.

블론드의 소녀들이 뜨개질을 하며

Wenn die blonden Flechterinnen

블론드의 소녀들이 뜨개질을 하며
저녁 풍경의 남은 햇빛 속을 걸어갈 때
그녀들은 모두 여왕이다.
잠시 생각에 잠겼다가 다시
그녀들의 화관花冠을 엮어 나간다.

그녀들을 둘러싼 빛은
커다란 은총—
그 빛은 그녀들의 몸에서 나온다.
풀어헤친 밀짚에도
그녀들의 소녀다운 눈물이 촉촉이 배어들고—
밀짚은 황금처럼 무겁다.

안나 앵커, 〈푸른 방의 햇살〉(1891)

지금 모든 길은

Alle Straßen führen

지금 모든 길은
금빛 태양을 향해 뻗어 가고 있다.
처녀들은 문밖에서 서성거리며
이런 시간이 되기를 기다리고 있었다.

어른에게 이별의 인사도 하지 않는다.
그러나 그녀들은 멀리로 떠난다.
몸도 가벼이, 풀려나온 마음으로
서로를 대하는 언행이 변한다.
그리고 서로의 옷차림이 달라져 가면
해맑은 모습에서
그녀들의 낡은 옷이 풀려 내린다.

해맑은 소녀들이 웃음을 남기고

Noch ahnst du nichts vom Herbst des Haines

해맑은 소녀들이 웃음을 남기고 지나가는 숲의 가을을
너는 아직 느끼지 못한다.
때때로 먼 가냘픈 추억처럼
포도주 향기가 너에게 입맞춤할 뿐—
소녀들은 귀를 기울인다. 그리고 그중 하나가
다시 만날 것을 기약하는 슬픈 노래를 부른다.

누군가 이별을 알리는 듯
미풍에 덩굴이 흔들린다.
오솔길의 장미는 모두 생각에 잠겨 있다.
그들의 여름이 앓고 있는 것이다.
그리고 여름은 무르익은 열매에서 가만히
그 밝은 두 손을 떼고 말았다.

저희에게 무슨 일이 일어나게 하소서

Mach, daß etwas uns geschieht!

저희에게 무슨 일이 일어나게 하소서!
목숨을 향하여 이렇게 떨고 있음을 굽어보소서.
저희는 높이 솟아오르고자 합니다,
광명처럼, 노래처럼.

살펴보소서

Schau, unsre Tage sind so eng

살펴보소서, 저희의 낮은 이렇게 갑갑하고
밤의 거실은 불안이 가득합니다.
어색하지만 저희는 모두 한결같이
붉은 장미를 원하고 있습니다.

마리아여, 저희에게 자비로우셔야 합니다.
저희는 모두 당신의 피에서 꽃으로 피어납니다.
그리고 당신만이 아십니다,
동경이 참으로 고통스러운 것임을.

당신 자신은 아십니다, 고통에 시달리는 소녀의 영혼을.
소녀의 영혼은 스스로를
크리스마스에 내리는 눈으로 여기며
그러나 뜨겁게 타오르고 있습니다.

많은 것이 저희에게

Von so vielem blieb uns der Sinn

많은 것이 저희에게 의미를 남기고 갔습니다.
그중에서 저희가 바로 알 수 있는 것은
상냥한 것과 섬세한 것입니다.
은밀한 정원,
졸음 밑으로 기어드는
비로드의 베개,
당황스러울 만큼 다정하게
저희를 사랑해 주는 그 무엇 등입니다.

그러나 말들은 멀리 있습니다.

말들은 의미에서 빠져 나와
이 세계에서 떨어져 나갑니다.
그리하여 성모 마리아여, 당신의 옥좌를 둘러싸고서
높아지는 음악을 듣고 있는 양

귀를 기울이고 있습니다.
그리고 당신의 아들은
이 말의 무리에 미소를 보냅니다.

당신의 아들을 살펴보소서.

어젯밤 꿈에

Gestern hab ich im Traum gesehn

어젯밤 꿈에
별 하나가 조용히 나와 있는 것을 보았습니다.
그리고 마리아의 말씀을 느꼈습니다,
이 별을 따라 밤에 꽃피어나라는.

온갖 힘을 다하여 애썼습니다.
하얀 내의 밖으로 꼿꼿이 우아하게 몸을 폈습니다.
그러나 갑자기
꽃피어나는 것이 괴로워졌습니다.

어찌하여 당신의 품에서

Wie kam, wie kam aus deinem Schoß

어찌하여 당신의 품에서
마리아여, 이렇게 많은 빛이
많은 슬픔이 풀려 나왔습니까.
당신의 신랑은 누구였습니까.

당신은 자꾸만 부르십니다—그러나 잊고 계십니다,
당신은 이제, 철없는 저에게 오셨던
바로 그분이 아니라는 것을.

저는 아직도 꽃처럼 젊습니다.
어린아이 때부터 고지告知를 받을 때까지의
어스름에 싸인 당신의 정원을
어떻게 소리 안 나게
살금살금 지나가야 하겠습니까.

이 견잡을 수 없는 격한 그리움을

Wird dieses ungestüme, wilde

이 견잡을 수 없는 격한 그리움을
견딜 수 없게 되면
소녀들은 당신의 모습으로 달아납니다.
그러면 자비로운 당신은 품을 벌리고
소녀들 앞에 바다처럼 펴집니다.

당신은 밀물이 되어 소녀들 앞으로 상냥히 밀려 오고
소녀들은 당신의 길을 따라
당신의 품속에 구원됩니다—그리고 바라봅니다,
뜨겁게 바라던 마음이 어느덧 잔잔히 갈앉아
여름철의 파란 비가 되어
포근한 섬 위에 내리는 것을.

기도 후에

Nach den Gebeten

기도 후에

그러나 여왕이여,
저의 가슴이 점점 더 따뜻해집니다.
그리고 저녁마다 더 가난해지고
아침마다 더 피로해집니다.

하얀 명주를 찢어 헤치면
수줍은 저의 꿈이 소리칩니다.
아, 당신의 고통으로 저를 괴롭혀 주시고
저와 당신을
같은 기적으로 상처 나게 하옵소서.

툴루즈 로트렉, 〈세탁부〉(1884~1886)

테라스에는 아직도 햇빛이 남아 있다

Es ist noch Tag auf der Terrasse

테라스에는 아직도 햇빛이 남아 있다.
그래서 나는 새로운 기쁨을 느낀다.
지금 이 저녁 속에 녹아들 수 있다면
나의 고요가 빚어내는 금빛을
나는 거리마다 뿌릴 수 있을 것이다.

지금 나는 세상에서 멀리 떨어져 있다.
저물어 가는 마지막 빛으로
나는 엄숙한 나의 고독을 치장한다.

지금 누가 나에게서
내가 부끄러움을 느끼지 않을 만큼 상냥히
나의 이름을 앗아 가는 것 같다.
그래서 나는 이제 이름이 필요하지 않을 것 같다.

이것은 내가 나 자신을 발견하는 시간

Das sind die Stunden

이것은 내가 나 자신을 발견하는 시간.
목장은 어스름에 싸여 바람에 물결친다.
모든 자작나무 껍질이 은은한 빛을 띤다.
그리고 이들 위로 저녁이 내려앉는다.

이런 침묵 속에서 나는 자라나
많은 가지마다 꽃을 피우고 싶다.
그들 모두가 추는 원무에 나도 끼어서
하나의 조화를 이루기 위하여…….

때때로 나는 두려움에 떨면서

Oft fühl ich in scheuen Schauern

때때로 나는 두려움에 떨면서
자신이 삶의 깊숙한 곳에 있음을 느낀다.
말이란 벽에 지나지 않는 것.
벽 뒤의 언제나 푸른 산속에서
말의 의미는 깜박이고 있다.

말의 국경이 어딘지 나는 모른다.
그러나 그 말의 나라에는 귀담아듣는다.
산비탈에 울리는 쇠스랑 소리
작은 배들의 목욕하는 소리
그리고 바닷가의 고요를.

우리의 최초의 침묵은 이러하다

Und so ist unser erstes Schweigen

우리의 최초의 침묵은 이러하다.
우리는 바람에 몸을 맡기고
떨면서 나뭇가지가 되어
5월에 귀를 기울인다.
길 위에 떨어지는 그림자 하나.
귀를 기울여 들어 보면, 빗방울 소리.
온 세상이 비를 향하여 몸을 편다,
그의 은혜를 가까이하려고.

그러나 저녁은 깊어만 간다

Aber der Abend wird schwer

그러나 저녁은 깊어만 간다.
모두가 지금 고아와 같아서
대개는 서로를 모른다.
낯선 나라에서와 같이
즐비한 집을 따라 천천히 걸으며
정원 하나하나에 귀를 기울인다.
어떤 미지의 삶에서
눈에 보이지 않는 두 손이
자신의 노래를
가만히 치켜들기를
정원은 기다리고 있지만
그것을 까맣게 잊고 있다.

우리는 무서우리만치 고독하여

Wir sind ganz angstallein

우리는 무서우리만치 고독하여
서로서로 의지하고 있다.
말이라는 것은
방랑하는 우리 앞의 벽과 같은 것.
우리가 피어나는 꽃 속의 그리움일 때
우리의 의지는
우리를 몰아치는 바람일 따름.

사람들의 말을 나는 두려워한다

Ich fürchte mich so vor der Menschen Wort

사람들의 말을 나는 두려워한다.
사람들은 모든 것을 너무 명확하게 말한다.
이것은 개, 저것은 집,
여기가 시작이고, 저기가 끝이다.

장난을 일삼는 그들의 감각이 나를 불안케 한다.
지나간 일, 다가올 일을 그들은 모두 알고 있다.
어떠한 산도 이제는 신비하지 않고
하느님 바로 옆에 정원이나 재산을 놓는다.

내가 늘 당부하는 것은 '떨어져 있어라'이다.
나는 사물들이 노래하는 것을 들으면 즐겁다.
그러나 너희가 닿으면, 사물은 굳어지고 입을 다문다.
너희는 사물을 모두 쓸모없는 것으로 만들고 만다.

몸을 낮추어라, 서서히 다가오는 저녁놀이여

Senke dich, du langsames Serale

몸을 낮추어라, 서서히 다가오는 저녁놀이여
멀리 보이는 장엄한 경치에서 흘러나오는 너를
나는 접시가 되어 맞아들인다.
너를 집고, 담고, 엎지르지 않는다.

진정하라, 그리고 내 안에서 맑아져라.
멀고, 희미한, 풀려난 시간이여.
접시 바닥에서 만들어진 것을 보여 드리지,
무엇이 되었는지 나도 알 수 없지만.

나의 목숨이 어디에 닿으리라고

Kann mir einer sagen, wohin

나의 목숨이 어디에 닿으리라고
누가 나에게 말할 수 있을까.
나는 또한 비바람 속을 헤매고
물결이 되어 못에 살고 있는 것이 아닐까.
혹은 찬 봄날에 얼어붙은
창백하고 핏기 잃은 자작나무 아닐까.

밤은 검은 도시처럼 자라난다

Die Nacht wächst wie eine schwarze Stadt

밤은 검은 도시처럼 자라난다.
암묵의 규정 따라
가로와 가로가 그물을 뜨고
광장과 광장이 잇닿는다.
이윽고 그곳에 수많은 탑이 선다.

그러나 검은 도시의 즐비한 집들—
그곳에 누가 와서 사는지 너는 모른다.

그 정원의 소리 없는 빛 속에
원형으로 줄지어서 꿈이 춤추고 있다.
누가 바이올린을 켜는지 너는 모른다.

카미유 피사로, 〈몽마르트 대로〉(1897)

꿈에 본 것을 나는 기억하고 있다

Ich weiß es im Traum

꿈에 본 것을 나는 기억하고 있다.
꿈의 내용은 사실이었다.
나는 공간이 필요하다,
일족 모두가 살기에 족할 만큼의 공간이.

한 사람의 어머니가 나를 낳은 것은 아니다.
수많은 어머니가 나를 위하여
수많은 목숨을 바쳐 주었다.
그것을 모두 받아서
병약한 소년은 살고 있다.

신神이 와서 '나는 존재한다'고 말할 때까지

Du darfst nicht warten

신이 와서 '나는 존재한다'고 말할 때까지
기다려서는 안 된다.
그의 힘을 스스로 밝히는
그런 신은 의미가 없다.
처음부터 너의 내부에서
신이 바람처럼 불고 있음을 알아야 한다.
너의 마음이 달아오르고, 그것을 입 밖에 내지 않을 때
신은 너의 마음속에서 창조를 한다.

시도서

Das Stunden-Buch

시도서

1권 수도사 생활

구스타브 카유보트, 〈유럽의 다리〉(1877)

시간이 몸을 기울여

Da neigt sich die Stunde

시간이 몸을 기울여
맑은 금속성 소리를 내며 나에게 닿는다.
나의 모든 감각이 떨린다. 나는 느낀다, 나는 할 수 있다고—
그리하여 나는 조형적인 하루를 얻는다.

내가 인정하기 전까지 아직 아무것도 완성된 것이 없었다.
모든 생성은 조용히 멎어 있었다.
지금 나의 눈은 성숙해 있다. 그리고 어느 눈길에든
그것이 바라는 것이 신부처럼 다가온다.

나에게는 극히 미천하다 할 만한 것이 없고
하찮은 것이라도 사랑한다.
금 바탕에 그것을 커다랗게 그려서 높이 쳐든다.
그러니 그것이 누구의 영혼을 풀어 놓을지 나는 모른다.

갖가지 사물 위에 펼쳐져

Ich lebe mein Leben in wachsenden Ringen

갖가지 사물 위에 펼쳐져 점점 넓어지고 있는 테두리 안에서
나는 나의 삶을 살고 있다.
나는 마지막 테두리를 아마도 완성하지 못할 것이다.
그러나 끝까지 그려 보리라.

나는 신神의 둘레를, 태고의 탑 둘레를 빙빙 돌고 있다.
천 년이나 돌고 있다.
그러나 아직도 모른다. 내가 한 마리의 매인지,
하나의 폭풍우인지, 아니면 하나의 대단한 노래인지.

폴 세잔, 〈그릇, 바구니, 과일(부엌 식탁)〉(1888~1890)

나는 나의 갖가지 감각이 깊이 잠겨드는

Ich liebe meines Wesens Dunkelstunde

나는 나의 갖가지 감각이 깊이 잠겨드는
내 존재의 어둑한 시간을 사랑한다.
그 시간 속에서 나는 옛 편지에서처럼
이미 살았던 나의 일상생활을 보았다.
그리고 그것이 전설처럼 아득하며, 잘 극복되었음을 알았다.

그 시간 속에서 나는 깨닫는다,
시간을 초월한 두 번째의 널찍한 삶이 나에게 남아 있다는 것을.

때때로 나는 한 그루의 나무와 같다.
지금은 이 세상에 없는 소년이 슬픔과 노래 속에서 잃어버린 꿈을,

그 꿈을 무덤 위에 살려 내는 나무, 다 자라서 와삭거리는
(따뜻한 뿌리가 무덤 속의 소년을 감싸고 있는)
그런 나무와 같다.

한 번만이라도 아주 조용해졌으면

Wenn es nur einmal so ganz stille wäre

한 번만이라도 아주 조용해졌으면.
뜻밖의 것이, 우연한 것이
그리고 이웃의 웃음이 갑자기 침묵한다면.
나의 감각이 내는 소음이
내가 망보는 것을 크게 방해하지 않는다면—

그러면 오만 가지 상념으로 당신을
머리에서 발끝까지 생각하고
(미소 한 번 지을 동안만) 당신을 소유하겠습니다.
모든 생명에게 감사의 표시인 양
당신을 선사하기 위하여.

세기가 바뀌는 바로 그 시점에

Ich lebe grad, da das Jahrhundert geht

세기가 바뀌는 바로 그 시점에 나는 살고 있다.
커다란 책장 한 장이 넘어가며 내는 바람을 느낀다.
신神과 너와 내가 적어 넣었고
낯선 사람의 손으로 높이 젖혀지는 책장에서 일어나는 바람을.

새로운 페이지에 눈이 부신다.
거기에서 또 모든 것이 생성하리라.

갖가지 조용한 힘이 저마다의 넓이를 살피고 있다.
그러고는 애매하게 서로 마주 보고 있다.

오딜롱 르동, 〈후광이 있는 마리아〉(1897)

내가 거기서 태어난 어둠이여

Du Dunkelheit, aus der ich stamme

내가 거기서 태어난 어둠이여,
불꽃보다 너를 더 사랑한다.
불꽃은
어떤 하나의 원을 위하여 비추면서
세계를 한정하고 있지만
그 범위 밖에서는 아무도 불꽃을 모른다.

그러나 어둠은 모든 것을 지니고 있다.
형태와 불꽃, 짐승과 나를.
마치 낚아채듯이
사람과 갖은 능력까지도—

어쩌면 나의 옆에서
어떤 위대한 힘이
움직이고 있는지도 모를 일이다.
나는 밤을 믿는다.

이처럼 저는 바라는 것이 많습니다

Du siehst, ich will viel

이처럼 저는 바라는 것이 많습니다.

아마도 세상의 모든 것을 다 바라고 있는지도 모릅니다.

모든 끝없는 낙하의 어둠이라든가

모든 상승의 밝게 팔랑거리는 놀이 같은 것을.

참으로 많은 사람이 살고 있지만 무엇 하나 바라지를 않습니다.

그들은 그들의 가벼운 요리가 혓바닥에 닿아 감치는 감각으로

왕후의 기분을 맛보고 있습니다.

그러나 당신은

봉사하고 갈망하는 얼굴만을 기뻐합니다.

당신은 당신을 마치 도구처럼 사용하는

그런 사람 모두를 기뻐합니다.

아직 당신은 차갑지가 않습니다.
그리고 생명이 자신의 비밀을 조용히 풀어 놓기 위하여 깊어 가는 당신의 바닥으로 잠기기에도 아직 때가 늦지 않습니다.

우리는 떨리는 손으로 너를 짓고 있다

Wir bauen an dir mit zitternden Händen

우리는 떨리는 손으로 너를 짓고 있다.
하나하나 돌을 쌓아올린다.
그러나 대사원이여,
누가 너를 완성할 수 있을까.

로마는 어떨까.
그것은 붕괴한다.
세계는 어떨까.
그것도 부스러질 것이다.
너의 탑에 둥근 지붕이 올라서기 전에,
몇 마일이나 쌓아올린 모자이크에서
찬란한 너의 이마가 솟아오르기 전에.

그러나 때때로 꿈에서
나는 너의 공간을

바라볼 수 있다.
그 시초부터
지붕의 황금빛 당마루에 이르기까지 깊이.

그리고 나는 본다.
나의 모든 감각이 마지막 장식물을
만들고 쌓고 하는 것을.

언젠가 어느 한 사람이 너를 원했다

Daraus, daß Einer dich einmal gewollt hat

언젠가 어느 한 사람이 너를 원했다.
그러므로 지금 우리가 너를 원해도 좋으리라.
모든 심오한 것을 우리가 또한 거부하고,
산맥에 황금이 매장되어 있는데도
아무도 그것을 캐내지 않는다면
암석의 고요를 파고드는 물이,
그 충만한 물이
언젠가 그것을 캐내리라.

비록 우리가 원치 않더라도
신神은 성숙한다.

자기 생활의 갖가지 모순을 화해시키고

Wer seines Lebens viele Widersinne

자기 생활의 갖가지 모순을 화해시키고, 그것을
감사하는 마음으로 하나의 상징 속에 포괄하는 사람은
떠들썩한 무리들을 저택에서 몰아내고
다른 잔치를 융숭하게 베푸리라.
그리고 당신은
조용한 저녁에 맞아들이는 그의 손님입니다.

당신은 그의 고독의 상대자.
그의 독백의 움직이지 않는 중심입니다.
그리고 당신 주위에 그어진 모든 원이
그를 위하여 시간 바깥에 원둘레를 치고 있습니다.

나의 생활은

Mein Leben ist nicht diese steile Stunde

나의 생활은, 아주 바쁘게 보이는
그런 바듯한 시간이 아니다.
나는 나의 배경 앞에 선 한 그루 나무.
나는 나의 여러 입 가운데 하나일 뿐,
그것도 가장 먼저 다무는 입이다.

나는, 죽음 쪽의 음이 높아져서
서로 잘 어우러지지 않는
두 음 사이의 쉼표다.

그러나 이 어둑한 인터벌에서
두 음이 떨면서 화해한다.
그리하여 노래는 여전히 아름답다.

의좋게 형제처럼 지내고 있는

Ich finde dich in allen diesen Dingen

의좋게 형제처럼 지내고 있는 이 모든 사물에서
나는 당신을 찾아냅니다.
당신은 씨로서 자그마한 것 속에서는 햇볕을 쬐고
커다란 것 속에서는 크게 헌신하고 있습니다.

그렇게 헌신하면서 사물 속을 간다는 것,
뿌리에서 싹트고, 줄기에서 사라지고,
우듬지에서 다시 살아나는 것,
그것이야말로 힘의 불가사의한 작용입니다.

어느 젊은 수도사의 목소리

Stimme eines jungen Bruders

나는 자꾸만 흘러내린다,
손가락 사이에서 흐르는 모래알처럼.
나는 갑자기 많은 감각을 가진다.
그 하나하나가 저마다 다르게 목말라 있다.
나는 온몸에 백 군데나 부어오르고
그것이 아픈 것을 느낀다.
그러나 가장 심한 것은 심장 한복판이다.

나는 죽고 싶다. 혼자 있었으면 한다.
맥박이 터질 만큼
불안해지리라는
생각이 든다.

에드바르트 뭉크, 〈저녁-멜랑콜리〉(1896)

그것은 내가 외국 책에서 읽은

Das waren Tage Michelangelo's

그것은 내가 외국 책에서 읽은
미켈란젤로의 생애였다.
그는 척도를 넘은,
거인처럼 큰,
잴 수 없다는 것을 잊은 사람이었다.

하나의 시대가 끝나려 할 때
반드시 되돌아와서
다시 한 번 그 가치를 총괄하는 그런 사람이었다.
그런 사람은 아직도 시대의 온갖 짐을 모두 들어 올려
자신의 가슴속 심연으로 던져 넣는다.

그의 이전에 산 사람들은 고뇌와 쾌락을 가지고 있었다.
그러나 그는 삶을 오직 하나의 덩어리로 느끼고
만물을 하나의 사물로 받아들인다—

신神만이 그의 의지를 넘어 널찍이 군림한다.
그리하여 그는 신의 영역에 닿을 수 없음을 알고
품격 있는 미움으로 신을 사랑한다.

이탈리아까지 뻗은 신神의 나뭇가지가

Der Ast vom Baume Gott

이탈리아까지 뻗은 신의 나뭇가지가
벌써 꽃을 피웠다.
가지는 아마도 철이 되기 전에 기꺼이
열매를 가득 맺을지도 모르겠다.
그러나 꽃이 한창일 때 지쳐 버려서
열매를 맺지 못할 것이다.

다만 신의 봄만이 거기 있었다.
다만 그의 아들인 언어만이
자신을 완성했다.
모든 힘이
눈부시게 빛나는 이 소년에게 몰렸다.
모든 사람이 선물을 가지고
그를 찾아왔다.
모든 사람이 천사처럼

그를 기렸다.

그리고 그는 장미 중의 장미처럼
은은히 향기를 풍겼다.
그는 떠돌이들을 둘러싸는
하나의 원이었다.
시대의 높아 가는 갖은 목소리를 헤치며
외투와 변모變貌를 몸에 걸치고 그는 떠났다.

제가 죽으면

Was wirst du tun, Gott, wenn ich sterbe?

제가 죽으면, 신神이여, 어떻게 하시겠습니까.
저는 당신의 항아리입니다 (만약 제가 부서진다면)
저는 당신의 마실 것입니다 (만약 제가 썩는다면)
저는 당신의 옷, 당신의 관절입니다.

제가 죽고 나면 이제 다정하고 따뜻한 말로
당신에게 인사할 집이 하나도 없습니다.
당신의 지친 두 발에서 비로드의 샌들이 떨어집니다.
그것이 바로 저입니다.

당신의 커다란 외투도 당신을 버립니다.
이부자리 속에서처럼
저의 뺨으로 따뜻하게 맞은 당신의 눈이
와서 저를 찾을 것입니다, 오래도록—
그리고 해가 질 무렵에
낯선 돌의 무릎에 누울 것입니다.

저는 찬가를 가지고 있습니다

Ich habe Hymnen, die ich schweige

저는 찬가를 가지고 있습니다, 말은 하지 않습니다만.
제가 저의 여러 감각을 집중하는
격려받은 삶이 있습니다.
당신은 저를 크다고 보십니다, 그러나 저는 작습니다.
무릎을 꿇고 있는 저 사물들 속에서
당신은 어슴푸레하게 저를 분간할 수 있습니다.
그들은 가축과 같아서 풀을 먹습니다.
저는 황야의 비탈에 있는 양치기입니다.
그래서 저녁이면 그들이 저에게로 모여듭니다.
저는 그들의 뒤를 따라가면서
어둑어둑한 다리에서 나는 소리를 어렴풋이 듣습니다.
그리고 그들의 등에서 피어오르는 김이
제가 돌아갈 길을 가립니다.

파수꾼이 포도밭에

Wie der Wächter in den Weingeländen

파수꾼이 포도밭에
오두막을 짓고 지키듯이
주여, 저는 당신 두 손 안의 오두막
오 주여, 당신의 밤에 싸인 밤입니다.

포도 동산, 목장, 나이 든 사과 밭,
봄을 거르지 않는 전답,
대리석처럼 굳은 땅에 뿌리를 펴고
수많은 열매를 맺는 무화과나무.

당신의 둥근 가지에서 향기가 흐릅니다.
그리고 당신은 묻지 않습니다, 제가 잘 지키고 있는가를.
두려움 없이 수액 속에 녹아들어
당신의 깊은 마음이 조용히 저의 곁을 올라갑니다.

그래도 나는 내가

Und dennoch: mir geschieht

그래도 나는 내가
그를 위하여 노래 하나하나를
가슴속 깊이 간수하고 있다고 생각한다.

그는 떨리는 수염 밑에서 침묵하고 있다.
어쩌면 자신의 선율에서
자기 자신을 되찾고 싶은지도 모른다.
그래서 나는 그의 무릎으로 다가간다.

그러자 그의 노래가
그의 속으로 졸졸 되흘러 들어간다.

시도서

2권 순례자

모리스 드니, 〈뮤즈〉(1893)

제 눈을 꺼 보십시오

Lösch mir die Augen aus

제 눈을 꺼 보십시오, 그래도 당신을 볼 수 있습니다.
제 귀를 막아 보십시오, 그래도 당신을 들을 수 있습니다.
다리 없이도 저는 당신에게 갈 수 있습니다.
입 없이도 당신에게 청원할 수 있습니다.
저의 팔을 꺾어 보십시오, 손으로 하듯
저는 저의 심장으로 당신을 붙잡습니다.
저의 심장을 멎게 해 보십시오, 저의 뇌가 맥박칠 것입니다.
당신이 저의 뇌에 불을 지피면
저는 저의 피에 당신을 싣고 갈 것입니다.

당신은 상속인

Du bist der Erbe

당신은 상속인.

자식들은 상속인,

부친들은 죽으니까.

자식들은 남아서 꽃을 피운다.

당신은 상속인.

사람들은 모두

Und doch, obwohl ein jeder von sich strebt

사람들은 모두, 자기를 미워하고 가두는 감옥에서처럼
자기 자신에게서 벗어나려고 애씁니다—
그러나 이 세상에는 하나의 커다란 기적이 있습니다.
저는 느낍니다, '모든 삶은 살아진다'고.

그렇다면 대체 누가 삶을 살고 있습니까.
연주되지 않은 선율이 하프 안에 그대로 머무르고 있듯이
저녁 어스름에 싸여 있는 사물들입니까
냇가에서 불어오는 바람입니까
신호를 주고받는 나뭇가지들입니까
향기를 겯는 꽃송이겠습니까
노쇠한 긴 가로수 길입니까
걷고 있는 따뜻한 짐승들입니까
이상한 모습으로 날아오르는 새들입니까.
대체 누가 살고 있습니까, 신神이여, 당신입니까—그 삶을 사는 것이.

당신을 찾는 사람은

Alle, welche dich suchen

당신을 찾는 사람은 모두 당신을 시험하려 합니다.
그리고 당신을 찾아낸 사람은
용모와 몸짓에 당신을 결부합니다.

그러나 저는 대지가 당신을 이해하듯
그렇게 당신을 이해코자 합니다.
저의 성숙과 함께
당신의 나라도
성숙합니다.

당신을 증명하는 헛된 일을
당신에게 바라지는 않겠습니다.
저는 압니다, 시간이라는 것은
당신과는

다른 의미를 지니고 있다는 것을.

저를 위하여 기적을 행하지 마옵소서.

세대에서 세대로

더욱 명백해지는

당신의 계율을 바르다고 하십시오.

이 마을에 마지막 집이 있다

In diesem Dorfe steht das letzte Haus

이 마을에 마지막 집이 있다,
세계의 끝 집인 양 적적하게.

이 작은 마을이 붙잡아 두지 않는 길이
천천히 밤 속으로 멀리 뻗어 간다.

이 작은 마을은 광야와 광야를 잇는,
예감과 불안에 가득 찬 하나의 통로일 뿐이지만
산속의 오솔길이 아니라 집 앞을 지나가는 도로이다.

이 마을을 버리고 떠난 사람은 오랫동안 떠돌다가
아마도 도중에 많이들 죽으리라.

때때로 어떤 한 사람이

Manchmal steht einer auf beim Abendbrot

때때로 어떤 한 사람이 저녁을 먹다가 일어선다.
그러고는 밖으로 나가서 어디까지나 어디까지나 걸어간다—
동쪽의 어딘가에 교회 하나가 있기 때문이다.

그리고 그의 자식들은 그를 죽은 것처럼 축복한다.

자신의 집에서 죽는 어떤 한 사람은
언제까지나 그 집에 머무르며 식탁과 잔 사이에서 살고 있다.
그래서 그의 자식들이 세상으로 나가서
그가 잊고 있는 그 교회를 향해 떠난다.

당신은 미래입니다

Du bist die Zukunft

당신은 미래입니다.
영원의 평야 위의 커다란 서광입니다.
시간의 밤이 샐 때 수탉이 우는 소리,
이슬, 아침 미사, 소녀,
낯선 사람, 어머니 그리고 죽음입니다.

당신은 변모하는 모습입니다.
그것은 언제나 외로이 운명 속에서 치솟아 오르고
환영받는 일도, 누가 슬퍼해 주는 일도,
원시의 숲처럼 기록되는 일도 없습니다.

당신은 모든 사물의 정수입니다.
그 본질의 마지막 말은 하지 않고
다른 사람에게는 언제나 다르게 나타납니다.
배에게는 해안으로, 뭍에게는 배로 보입니다.

신神이여

Du Gott, ich möchte viele Pilger sein

신이여, 저는 많은 순례자가 되고 싶습니다,
긴 행렬을 지어 당신께로 가기 위하여,
그리고 당신의 커다란 한 부분이 되기 위하여.
살아 있는 가로수의 정원인 당신.
지금의 있는 그대로 제가 혼자 거기 간다면—
도대체 누가 그것을 알아채겠습니까. 누가 당신께로 가는 저를 보겠습니까.
그것이 누구를 감동시키고, 누구를 자극하고,
누구의 마음을 당신께로 돌려 놓겠습니까.
아무 일도 없었던 것처럼
—그들은 계속 웃고 있습니다. 그리고 저는 기뻐하고 있습니다,
지금의 있는 그대로 걸어서 갈 수 있다는 것을. 왜냐하면 이리하여
웃고 있는 누구도 저를 볼 수 없기 때문입니다.

낮에 당신은

Bei Tag bist du das Hörensagen

낮에 당신은
많은 사람의 주위를 소곤거리며 흘러가는 소문입니다.
때를 알리는 종소리가 사라진 후에
서서히 다시 닫히는 정적입니다.

그러나 낮이 더욱 쇠잔해진 몸짓으로
저녁을 향해 몸을 기울일수록
신神이여, 당신은 점점 커집니다. 그리고
모든 지붕에서 연기처럼 피어오릅니다.

이제 빨간 매자나무의 열매가 벌써 익었고

Jetzt reifen schon die roten Berberitzen

이제 빨간 매자나무의 열매가 벌써 익었고
화단에는 노쇠한 과꽃이 힘없이 숨을 쉬고 있습니다.
여름이 가는 지금, 부유하지 못한 사람은
언제까지 기다려도 자신을 소유하지 못할 것입니다.

수많은 환영이
어둠 속에서 일어서기 위하여 그의 내부에서
밤이 시작되기를 기다리고 있다고 믿으며
지금 두 눈을 감을 수 없는 사람은
노인같이 과거의 사람입니다.

그에게는 이제 어떤 일도 일어나지 않고, 어떤 날도 찾아오지 않습니다.
그리고 그에게 일어나는 모든 것이 그를 속입니다.
신神이여, 당신도 그렇습니다. 그리고 당신은
날마나 그를 깊은 곳으로 끌어들이는 돌과 같습니다.

한밤중에 저는 당신을 캡니다

In tiefen Nächten grab ich dich, du Schatz

한밤중에 저는 당신을 캡니다, 보물이여.
지금까지 제가 보았던 충만한 것이
사실은 모두 빈곤한 것이고, 또 아직 나타난 적이 없는
당신의 아름다움의 시시한 대체물이기 때문입니다.

그러나 당신께 가는 길은 엄청나게 멀고
그리고 그 길은 오랫동안 누구도 가지 않았기에 바람이 흩날리고 있습니다.
아, 당신은 혼자입니다, 당신은 고독입니다.
멀리 골짜기를 향하여 가는 당신, 마음이여.

그리고 보물을 캐다가 피투성이가 된 두 손을
저는 벌려서 바람 속에 치켜듭니다.
그러자 두 손은 한 그루의 나무처럼 여러 개의 가지를 뻗습니다.

저는 그 가지로 공중에서 당신을 빨아들입니다.
마치 당신이 언젠가 거기서
안달하는 몸짓으로 산산조각이 나고
그리고 지금은 티끌의 세계가 되어
멀리 떨어진 별에서 다시 이 지상으로
봄비처럼 다정하게 내리고 있는 것처럼.

시도서

3권 가난과 죽음

클로드 모네, 〈해 질 녘의 루앙 대성당〉(1892)

오, 주여

O Herr, gib jedem seinen eignen Tod

오 주여, 그들 하나하나에게 그의 고유한 죽음을 주십시오.

그가 사랑, 의미 그리고 고난을 겪은

그 삶에서 떠나가는 죽음을.

당신이 저를 도시와 불안 속에

Und gib, daß beide Stimmen mich begleiten

당신이 저를 도시와 불안 속에 다시 흩뿌린다면
두 가지 소리가 저와 함께 가도록 하십시오.
저는 그들과 함께 시대의 분노 속에 살겠습니다.
그리고 저의 가락으로 당신의 잠자리를 마련하겠습니다.
당신이 원하는 어느 곳에나.

왜냐하면 가난은

Denn Armut ist ein großer Glanz aus Innen

왜냐하면 가난은 내면에서 비치는 위대한 빛이기에…….

당신은 알고 있습니다

Du, der du weißt

당신은 알고 있습니다.

그리고 이렇게 많은 삶이 가난에서 오며, 가난이 넘쳐난다는 것을.

이제는 가난한 사람이 혐오스럽다 하여

내던져지거나 짓밟히는 일이 없도록 하십시오.

다른 사람들은 뜯겨 나간 것 같습니다.

그러나 가난한 사람들은 꽃의 본성이 그렇듯이

뿌리를 펴고 일어서서 멜리사처럼 향기를 풍깁니다.

그리고 그 잎은 가장자리가 깔쭉깔쭉하며 부드럽습니다.

그들을 보십시오

Betrachte sie und sieh

그들을 보십시오, 그들은 무엇을 닮았습니까.
그들은 바람이 부는 것처럼 흔들리고
때로는 누군가의 손아귀에 든 것처럼 움직이지 않습니다.
그리고 그들의 눈에
여름 소나기가 내리쏟는 밝은 목초지의
장엄하게 저물어 가는 정경이 어립니다.

그들은 참으로 조용하다

Sie sind so still

그들은 참으로 조용하다. 거의 사물과 같다.
방으로 청해 들이면
데려온 친구같이 보인다.
그리고 하찮은 것 속에 섞여 들어서
안정된 세간처럼 어두워진다.

그들은 숨겨 놓은 귀중품의 파수꾼 같다.
보지는 못했지만 지키고 있는—
그리고 깊은 물에서 끌어올린 거룻배 같다.
완전히 펴져서 새하얗게 널려 있는
표백장의 아마포 같다.

그리고 보십시오

Und sieh, wie ihrer Füße Leben geht

그리고 보십시오, 그들의 발이 살아 가는 것을.
마치 짐승들의 발처럼
모든 길과 함께 수많은 가닥으로 뒤얽혀 있습니다.
돌이나 눈, 그리고 연하고 싱싱한,
바람 부는 시원한 초원의 추억으로 가득합니다.

그들은, 사람들이 사소한 근심으로 여기고 있는
저 커다란 고뇌를 견뎌 내고 있습니다.
풀의 향유香油나 돌의 예리한 날은 그들의 운명입니다.
더구나 그들은 그 두 가지를 모두 사랑하고 있습니다.
그리고 당신의 눈길이 목장에 머물듯이 그렇게 걷고
하프를 연주하는 당신의 두 손처럼 그렇게 걷습니다.

그들의 손은 마치 여인의 손 같다

Und ihre Hände sind wie die von Frauen

그들의 손은 마치 여인의 손 같다.
그리고 어딘가 어머니다운 것을 느끼게 된다.
무엇을 지을 때는 새가 둥주리를 짓듯 신바람이 난다—
꼭 쥐면 따뜻하며, 깊은 신뢰감이 있고
감촉은 입술에 닿는 잔과 같다.

그들의 입은 흉상의 입 같다

Ihr Mund ist wie der Mund an einer Büste

그들의 입은 흉상의 입 같다.
소리를 낸 적도 숨을 쉰 적도 입맞춤을 한 적도 없다.
그러나 지나간 삶에서
모든 것을 현명하게 빚어 내고 받아들여서
지금은 모든 것을 알고 있는 것처럼 불룩 솟아 있다.
그렇지만 비유이고 돌이고 사물일 따름이다.

그들의 목소리는 먼 곳에서 온다

Und ihre Stimme kommt von ferneher

그들의 목소리는 먼 곳에서 온다.

그것은 해 뜨기 전에 떠나서

널찍한 숲을 지나, 몇 주일 동안이나 걷고 있다.

그리고 꿈에서 다니엘과 말을 주고받았다.

그것은 바다를 보았다. 그래서 바다에 관한 이야기를 하고 있다.

그리고 보십시오, 그들의 육체는 신랑 같고

Und sieh: ihr Leib ist wie ein Bräutigam

그리고 보십시오, 그들의 육체는 신랑 같고
실개천처럼 누운 채 흐르고 있습니다.
그리고 무슨 훌륭한 사물같이 아름답게,
열정적으로 멋 부리며 살고 있습니다.
늘씬하게 다잡힌 그의 몸에는 많은 여인에게서 흘러온
연약함과 불안감이 괴여 있습니다.
그러나 그의 물건은 늠름합니다, 젊은 용같이.
그리고 수줍음의 골짜기에서 잠자며 기다리고 있습니다.

그러니까 보십시오

Denn sieh: sie werden leben und sich mehren

그러니까 보십시오, 그들은 살아갈 것이며, 또 번식할 것입니다.

그리고 시간에 구애받지 않을 것입니다.

달콤한 열매로 지면을 덮으며

그들은 숲의 산딸기처럼 퍼져 나갈 것입니다.

왜냐하면 결코 멀리 떠나지 않고

지붕도 없이 비를 맞으며 조용히 서 있는 자는 복이 있기 때문입니다.

모든 수확이 그들의 것이 되고

그 이익은 무려 천 배에 이를 것입니다.

그들은 모든 끝장을 넘어서 지속될 것이고

의미를 잃은 나라들을 넘어서 지속될 것입니다.

그리고 모든 계급과 모든 민족의 손이 지쳐 있을 때
그들은 일어설 것입니다,
충분히 휴식한 손처럼.

그 맑디맑은 사람은 어디로 갔을까

O wo ist er, der Klare, hingeklugen

그 맑디맑은 사람은 어디로 갔을까.
환호하는 사람, 싱그러운 사람을 애타게 기다리는 가난한 사람들이
멀리서 그를 왜 예감하지 못하는가.

빈곤의 커다란 저녁 별—
그들의 저무는 하늘에 그것은 왜 떠오르지 않는가.

쥘 바스티앙-르파주, 〈건초 더미〉(1877)

형상 시집

Das Buch der Bilder

서시序詩

Eingang

네가 누구이든 좋다. 저녁이 되면 바깥으로 나오라,
속속들이 알고 있는 네 방에서.
너의 집은 먼 풍경 앞에 마지막 집으로 서 있다.
네가 누구이든 좋다.
닳아 낡은 문지방에서
겨우 벗어난 지친 눈으로
너는 검은 나무 한 그루를 느직느직 들어 올린다.
그리고 하늘 앞에 세운다, 가냘프게 적적히.
이리하여 너는 세계를 만들었다. 그 세계는
침묵 속에 익어 가는 한마디의 말같이 위대하다.
그리고 너의 의지가 세계의 의미를 깨닫게 되면
너의 눈은 상냥히 세계를 풀어 준다.

어느 4월에서

Aus einem April

숲이 다시 향기를 풍긴다.
날아오르는 종다리들이
우리의 어깨를 무겁게 하던 하늘을 높이 끌어올린다.
나뭇가지 사이로는 아직도 낮이 휑하게 보였는데
비가 내리는 긴 오후가 지나면서
금빛으로 해가 비치는
더 새로운 시간이 온다.
그것을 피하려고 먼 집들 전면의
상처 입은 창문 모두가
겁에 질려 문짝을 파닥거린다.

이윽고 주위가 조용해진다. 비도 소리를 죽이며
고요히 어두워지는 바위 위의 빛을 적신다.
모든 소리가
애가지의 현란한 꽃봉오리 속에 깊숙이 잠겨 든다.

달밤

Mondnacht

남부 독일의 밤, 무르익은 달빛 속에 널찍이 펴져 있어서
동화라는 동화가 모두 되살아난 것같이 온화하다.
여기저기 탑에서 많은 시간이 묵직하게 떨어져서
마치 바다 속에 가라앉듯이 밤의 어둠 속에 가라앉는다.
그러고는 무슨 술렁이는 소리가, 순라군이 외치는 소리가—
한동안 기척 없이 침묵이 흐른다.
이윽고 한 대의 바이올린이 (어디선지)
잠에서 깨어나 느릿느릿 말한다.
"금발의 소녀 하나가……."

소녀들에 대하여

Von den Mädchen

다른 사람이라면 먼 길을 나서서
유원한 시인을 찾아내지 않으면 안 된다.
누구에게나 묻지 않으면 안 된다.
혹시 시인이 노래하는 것을
혹은 현악기를 켜는 것을 보지 못했느냐고.
소녀들은 그러나 묻지 않는다,
어느 다리를 건너 갖가지 형상에 이르게 되느냐고.
소녀들은 다만 미소 지을 뿐,
은그릇에 담긴 진주 목걸이보다 밝게.

소녀들의 생명의 문은 모두
한 사람의 시인에게로
세계로 통하고 있다.

에드가 드가, 〈두 명의 댄서〉(연도 미상)

석상石像의 노래

Das Lied der Bildsäule

소중한 목숨을 내던질 만큼
그렇게 나를 사랑해 줄 사람은 없을까.
나를 위하여 누군가 바다에 빠져 죽으면
나는 돌에서 해방되어
생명으로, 생명으로 되살아난다.

나는 끓어오르는 피를 이렇게도 간절히 바란다.
그러나 돌은 너무나 조용하다.
나는 생명을 꿈꾼다. 산다는 것은 즐거운 것이다.
나를 잠 깨울 수 있을 만한
용기를 가진 사람은 없는가.

그러나 언젠가 내가
나에게 더없이 아름다운 것을 주는 생명을 가지게 되면

그때 나는 혼자 울게 되리라.

나의 돌을 그리며 울게 되리라.

나의 피가 포도주처럼 익는다 해도 무슨 소용 있으랴.

나를 가장 사랑해 주던 사람을

바닷속에서 되돌아오게 할 수도 없는 것을.

사랑의 여인

Die Liebende

그렇습니다, 저는 당신을 사모하고 있습니다.
자실한 채 저는 저의 손에서 미끄러져 떨어집니다.
당신 쪽에서
진지하고 확고하고 한결같이 저에게로 밀려오는 것,
그것에 저항할 가망도 없이.

……그 시절. 아, 그때 저는 제 자신이었습니다.
저를 부르는 어떤 것도, 저를 속이는 무엇도 없었습니다.
저의 정적은
그 위로 개울물이 졸졸 지나가는 돌의 정적이었습니다.

그러나 지금 이 봄날 몇 주일 동안
무의식의 어둑한 그때에서
그 무엇이 서서히 저를 떼어 놓았습니다.

그것이 저의 가난하고 따뜻한 생명을
누군지도 모르는 사람의 손에 넘겨 버린 것입니다,
제가 어제까지 무엇이었는지도 모르는 사람의 손에.

신부
Die Braut

저를 불러 주세요, 사랑하는 이여, 큰 소리로 저를 불러 주세요.

당신의 신부를 이토록 오래 창가에 서 있게 해서는 안 됩니다.

늙은 플라타너스 가로수 길에서
저녁은 이제 감시를 하지 않습니다.
가로수 길은 텅 비어 있습니다.

그리고 당신이 당신의 목소리로
저를 이 깜깜한 집에 가두지 않으면
저는 저를 이 두 손에서
진한 남빛 정원으로
쏟아 낼 수밖에 없습니다…….

아메데오 모딜리아니,
〈큰 모자를 쓴 잔 에뷔테른〉(1918~1919)

고요

Die Stille

너는 들리는가, 사랑하는 이여, 나는 두 손을 쳐든다—

너는 들리는가, 이 술렁이는 소리가……

고독한 사람의 몸짓에는

많은 사물이 귀를 기울이고 있지 않을까.

너는 들리는가, 사랑하는 이여, 나는 눈을 감는다.

이것도 소리가 되어 너의 귀에 닿는다.

너는 들리는가, 사랑하는 이여, 나는 다시 두 눈을 뜬다…….

그러나 왠지 너는 여기 없다.

보일 듯 말 듯한 나의 움직임이

비단 같은 고요 속에 뚜렷이 떠오르고,

지극히 약한 자극도 지워지지 않고

먼 곳에 드리운 장막에 찍혀 나온다.

나의 숨결에 따라

별이 뜨고, 별이 진다.

나의 입술에 마시란 듯이 향기가 밀려온다.

나는 먼 곳에 있는 천사들의

손목을 분별한다.

그러나 내가 생각하고 있는 사랑하는 너만은

보이지 않는다.

천사

Die Engel

천사들은 모두 지친 입과
테두리 없는 밝은 영혼을 가지고 있다.
그리고 동경이 (아마도 죄를 향한 동경이)
때때로 그들의 꿈을 가로지른다.

천사들은 서로가 아주 닮았다.
신神의 정원에서 그들은 말이 없다.
신의 힘과 선율 속의
많은, 참으로 많은 인터벌같이.

날개를 펼 때만
천사들은 바람을 일으킨다.
마치 신이 큼직한 조각가의 손으로
애초의 비밀스런 책을
한 장 한 장 펼칠 때처럼.

끝이 없는 깊은 동경에서

Initiale : Aus unendlichen Sehnsüchten steigen

끝이 없는 깊은 동경에서
때맞게 떨며 기우는 허약한 분수처럼
끝이 있는 온갖 행위가 솟아오른다.
그러나 여느 때는 말수가 적은
우리들의 즐거운 힘이—
이 춤추는 눈물 속에 나타난다.

이웃

Der Nachbar

누가 켜는지도 모르는 바이올린이여, 나를 뒤쫓고 있는가.
얼마나 많은 먼 도시에서 이미
너의 고독한 밤이 나의 밤에 말을 걸어 왔던가.
몇백의 사람이 너를 켜고 있는가. 아니면 한 사람인가.

네가 없으면 아마도
강물 속에 사라질 것 같은 그런 사람들이
큰 도시마다 살고 있는가.
그런데도 너는 왜 항상 나와 마주치게 되는가.

나는 왜 언제나 그들의 이웃이 되어야 하는가.
모든 사물의 무게보다도
인생은 더 무거운 것, 이라고 너로 하여금
불안스럽게 노래하고 말하게 하는 그런 사람들의.

고독한 사람

Der Einsame

영원한 토박이들 사이에서 나는
마치 낯선 한바다를 건너고 있는 것 같다.
그들의 식탁에는 충족된 하루하루가 오르지만
나의 식탁에는 먼 풍경의 도형이 가득하다.

아마도 달처럼
사람이 살지 않는 하나의 세계가 나의 눈에 들어온다.
그러나 사람들은 감정을 내버려 두지 않는다.
그들의 말은 모두가 세속적이다.

내가 멀리서 가지고 온 것들은
고집이 너무 세서 이상하게 보인다.
그들의 너른 고향에서는 그들은 짐승이지만
여기서는 부끄러워서 숨을 죽인다.

마지막 사람

Die Letzte

나에게는 아버지의 집도 없고
잃어버릴 집도 없다.
어머니는 이 세상에
나를 낳았다.
그리하여 나는 지금 이 세상에 서서
점점 깊이 세상 속으로 들어간다.
나는 행복과 슬픔을 안은 채
모든 것을 혼자서 견디고 있다.
그리고 나 자신이 갖가지 유산이기도 하다.
우리 가문은 숲 속의 일곱 성에서
세 가닥의 가지로 나뉘어 꽃피었다.
그리고 가문의 무게에 지쳤고
이미 너무 늙어 있었다.
조상이 남긴 것, 내가 유산으로 받은 것에는
고향이 없다.

내가 죽을 때까지
나는 두 손에, 품에
그것을 지니고 있어야 한다. 왜냐하면
내가 그것을 풀어 놓으면
그것은 세상으로 떨어져
뿌리 없이
물결 위를 떠돌기 때문이다.

빈센트 반 고흐, 〈까마귀가 있는 밀밭〉(1890)

두려움

Bangnis

잎이 시든 숲에서 새가 외치는 소리 하나가 솟아오른다.

잎이 시든 이 숲에서는 그 소리에 의미가 없어 보인다.

더구나 새의 둥근 외침은

이 소리가 만들어진 순간에

마치 하나의 하늘처럼 시든 숲 위에 넓게 퍼진다.

모든 것이 순순히 이 외침 속에 흡수된다.

경치 전체가 소리도 없이 그 속에 있는 것 같다.

커다란 바람이 그 속에 얌전히 들어가는 것 같다.

그리고 앞으로 나아가려는 한동안이 창백해져서 잠잠하다,

그 소리에서 한걸음만 밖으로 빠져나오면

자신들이 그것에 닿아서 죽게 될 사물들을 알고 있는 것처럼.

탄식

Klage

아, 모든 것이 어쩌면 이리도 멀리
오랜 옛날에 흘러가 버렸을까.
지금 반짝이고 있는 저 별도
천 년이나 전에 죽어 버린 것이라고
나는 생각한다.
방금 지나간 작은 배에서
근심스럽게 이야기하는 소리가
들린 듯하다.
집 안에서
시계 치는 소리가 울렸다.
어느 집일까……
나는 나의 마음에서 벗어나
넓은 하늘 아래로 나가고 싶다.
나는 기도하고 싶다.
모든 별 중에서 어느 하나는

아직도 정말 존재하고 있을 것이다.
나는 알 것 같다,
어느 별이
고독하게 홀로 살아 왔는가를.
어느 별이 새하얀 도시처럼
천국의 빛 끝자리에 서 있는가를…….

고독

Einsamkeit

고독은 비와 같다.
저녁을 향해 바다에서 올라와
멀리 떨어진 평야에서
언제나 적적한 하늘로 올라간다.
그리하여 비로소 도시 위에 떨어진다.

밤도 낮도 아닌 박명에 비는 내린다.
모든 골목이 아침으로 향할 때,
아무것도 찾지 못한 육체와 육체가
실망하고 슬프게 헤어져 갈 때,
그리고 시새우는 사람들이 함께
하나의 침대에서 잠자야 할 때,

그때 고독은 강물 되어 흐른다…….

가을날

Herbsttag

주여, 가을이 왔습니다. 여름이 참으로 길었습니다.
해시계 위에 당신의 그림자를 놓아 주시고,
들에는 많은 바람을 푸십시오.

마지막 과실들을 익게 하시고
이틀만 더 남국의 햇볕을 주시어
그들을 완숙케 하여
마지막 단맛이 진한 포도주 속에 스미게 하십시오.

지금 집이 없는 사람은 이제 집을 짓지 않습니다.
지금 고독한 사람은 이후에도 오래 고독하게 살면서
잠자지 않고, 읽고, 그리고 긴 편지를 쓸 것입니다.
바람이 불어 나뭇잎이 날릴 때, 불안스레
이리저리 가로수 길을 헤맬 것입니다.

추억

Erinnerung

그리고 너는 기다리고 있다,
너의 삶을 한없이 늘려 주는 한 가지 것을.
강력한 것을, 예사롭지 않은 것을,
돌이 눈뜨는 것을,
너를 향한 깊숙한 것을.

책장에 꽂힌 책의 표지들이
어스레하게 황갈색으로 저물어 간다.
그러자 너는 생각한다,
지나온 나라들을, 많은 형상을,
다시 버림받은 여인들의 의상을.

그때 갑자기 너는 깨닫는다, 이것이었다고.
너는 일어선다.
그러면 네 앞에 지난 일 년의
불안과 형상과 기도가 서 있다.

가을의 마지막

Ende des Herbstes

언제부턴가 나는
모든 것이 변하는 것을 보아 온다.
무엇인가 일어서고, 행동하고,
없애고 그리고 슬프게 하는 것을.

볼 때마다 늘
정원의 모습이 모두 달라져 있다.
노랗게 물든 것이
누렇게 되어 가는 완만한 조락.
그 길은 멀고도 멀었다.

지금 텅 빈 정원에서
가로수 길을 모두 바라본다.
엄숙하고 묵직한
거절하는 하늘이
먼 바다 쪽까지 거의 다 보인다.

가을

Herbst

나뭇잎이 진다, 멀리에선 듯 잎이 진다,
하늘의 먼 정원들이 시들어 버린 듯이.
부정하는 몸짓으로 잎이 진다.

그리고 깊은 밤에는 무거운 지구가
다른 별들에서 떨어져 고독에 잠긴다.

우리들 모두가 떨어진다. 이 손이 떨어진다.
보라, 다른 것들을. 모두가 떨어진다.

그러나 어느 한 사람이 있어, 이 낙하를
한없이 너그러이 두 손에 받아들인다.

빈센트 반 고흐, 〈붓꽃〉(1889)

밤의 언저리에서

Am Rande der Nacht

저물어 가는 대지 위에 깨어 있는
나의 방과 이 넓이는—
하나이다. 그리고 나는
울려 퍼지는 폭넓은
공명 위에 매여 있는 한 가닥의 현絃이다.

사물은 모두
떠들어 대는 어둠으로 가득 찬
바이올린의 몸통이다.
그 속에서 여인들의 울음이 꿈을 꾸고 있고
모든 사람의 원한이
잠을 자면서 꿈쩍거리고 있다…….
나는 은빛으로 몸을 떨어야 한다.
그러면 내 밑에 있는 것이 모두 살게 되고
사물들 속에서 해매고 있는 것이

빛을 향해 나아갈 것이다.
물결치는 하늘에 싸인
춤추는 나의 음향에서
좁고, 애타게 그리워하는 틈새기를 지나서
예대로의
끝없는 나락에
떨어지는 빛을 향해…….

진보

Fortschritt

또다시 나의 깊은 생명이 점점 더 소리 높이 술렁거린다.
더 널찍한 물가를 지금 걸어가고 있는 것처럼.
사물들은 점점 더 나와 친숙해지고
모든 형상은 더욱더 명확해진다.
나는 이름 없는 것에 더욱 깊은 신뢰감을 느끼고
마치 새와 같은 감각으로 참나무 가지에서
바람 부는 하늘로 날아오른다.
그리고 나의 감정은 물고기의 등에 올라탄 것처럼
못물의 굴절된 햇빛 속으로 잠겨 든다.

예감

Vorgefühl

나는 멀리 보이는 경치에 둘러싸인 깃발과 같다.
아래쪽에서는 아직 아무것도 움직이는 것이 없는데
나는 불어올 바람을 예감하고, 그것을 살아야 한다.
문은 아직도 조용히 닫혀 있고, 난로에는 고요가 깃들어 있다.
창문은 아직 떨지 않고, 먼지도 두껍게 쌓여 있다.

그때 나는 폭풍을 미리 감지하고 바다처럼 출렁거린다.
나는 몸을 펴고, 내 자신 속에 빠져들고
그리고 몸을 내던지며
세찬 폭풍 속에 오롯이 홀로 있다.

저녁

Abend

저녁이 느릿느릿 옷을 갈아입는다.
즐비한 노목의 우듬지가 그것을 도와준다.
너는 이것을 바라본다. 그러자 너에게서 세계가 갈라진다.
하나는 하늘로 올라가고, 하나는 아래로 떨어진다.

그것들이, 어느 쪽으로도 완전히 쏠리지 않는 너를
침묵하고 있는 그 집만큼 아주 어둡게 하지 않는다.
그리고 밤마다 별이 되어 떠오르는 그것처럼
확실한 영원을 불러내게 하지도 않는다.

그리고 너로 하여금 (말로는 도저히 해명할 수 없지만)
너의 목숨을 불안하게 하고, 거대하게 하고, 그리고 성숙하게 할 수 있게 한다.
이리하여 너의 목숨은 때로는 한정되고 때로는 포괄하면서
번갈아가며 너의 마음속에서 돌이 되고 별자리가 된다.

아르망 기요맹, 〈해 질 녘의 이브리〉(1873)

엄숙한 시간

Ernste Stunde

지금 세계의 어느 곳에서 누가 울고 있다.
이유도 없이 울고 있는 사람은
나를 울고 있다.

지금 밤의 어느 곳에서 누가 웃고 있다.
이유도 없이 웃고 있는 사람은
나를 비웃고 있다.

지금 세계의 어느 곳에서 누가 걷고 있다.
이유도 없이 걷고 있는 사람은
나에게 오고 있다.

지금 세계의 어느 곳에서 누가 죽어 간다.
이유도 없이 죽어 가는 사람은
나를 바라보고 있다.

시詩의 절節
Strophen

여자를 모두 손아귀에 쥐는 남자가 있다.
여자들이 모래처럼 손가락 사이로 흘러내려도 개의치 않는다.
그는 왕비들 중에서 가장 아름다운 여인을 골라서
하얀 대리석에 그 모습을 새기게 한다.
덧옷의 선율에 조용히 싸여서 누워 있는 모습이다.
그리고 왕비와 같은 돌로 새긴 왕들을
그들의 왕비 옆에 놓는다.

여자를 모두 손아귀에 쥐는 남자가 있다.
여인들이 저질 칼날처럼 부러져도 개의치 않는다.
그는 결코 이방인이 아니다. 그는 핏속에 살고,
그 피는 우리의 생명이며, 솟아오르고 잠잠해진다.
그가 부정한 짓을 한다고는 믿지 않는다.
그러나 그에 대한 나쁜 소문은 많이 듣는다.

너의 아름다움을

Initiale: Gib deine Schönheit immer hin

따지거나 군소리하지 말고

너의 아름다움을 선뜻 내주어라.

네가 말하지 않아도 아름다움이 대신 말한다, 나는 있다고.

그러고서 아름다움은 천만 가지 의미로 찾아온다.

종내에는 모든 사람을 찾아온다.

요한 슈페를, 〈라이블의 정원〉(1880)

갖가지 목소리
Die Stimmen

표제시
Titelblatt

부유한 사람과 행복한 사람은 말을 하지 않아도 좋다.
그들이 어떤 사람인지 아무도 알고 싶어 하지 않는다.
그러나 가난한 사람들은 자신을 내세우지 않을 수 없다.
이렇게 말하지 않을 수 없다, 나는 장님이라고.
혹은, 나는 장님이 되어 가고 있다,
세상살이가 잘 풀리지 않는다,
아이가 병을 앓고 있다,
몸의 이곳이 수술로 봉합되어 있다…….

이런 말을 하더라도 아마 뾰족한 수가 생기지는 않을 것이다.

다른 사람들은 모두 사물 옆을 지나가듯이
그들 옆을 지나간다. 그래서 그들은 노래하지 않을 수 없다.
그러니까 또 좋은 노래를 듣게 된다.

물론 인간이란 참으로 이상하다. 그들은 소년 합창단의
카스트라토의 목소리를 듣고 싶어 한다.

그러나 하느님도 이런 거세된 가수가 귀를 어지럽히면
옆에 오셔서 한참 동안 머무신다.

거지의 노래

Das Lied des Bettlers

비바람을 맞으며, 햇볕에 그을리며
나는 늘 문간에서 문간으로 걸어간다.
갑자기 나는 오른쪽 귀를

오른쪽 손으로 덮는다.
그러자 나의 목소리가
한 번도 들어본 적이 없는 것같이 서름하게 울린다.

그래서 나는, 지금 큰 소리로 외치고 있는 것이
나 자신인지, 다른 누구인지 알 수가 없다.
내가 외치는 것은 약간의 적선을 구걸하기 위해서고
시인들이 외치는 것은 더 많이 얻기 위해서다.

마지막에 나는 눈을 감고
두 손으로 얼굴을 감싼다.
얼굴의 무게를 손에 맡기면
아주 편안한 것같이 보인다.
이렇게 하는 것은 남에게
머리 둘 곳도 없는 것처럼 보이기가 싫기 때문이다.

장님의 노래

Das Lied des Blinden

나는 장님이다, 바깥에 있는 너희, 이것은 저주다.
하나의 증오, 하나의 모순,
날마다 겪는 고난이다.
내 손을 아내의 팔 위에 얹는다.
나의 암담한 손을 늙은 아내의 생기 없는 팔에 맡긴다.
그러면 아내는 공허뿐인 곳으로 나를 이끌고 간다.

너희는 몸을 움직거리며 생각한다,
돌이 서로 부딪치는 것과는 다른 소리를 내고 있다고.
그러나 너희는 잘못 생각하고 있다.
살아가고, 고뇌하고, 소리 내고 있는 것은 나밖에 없다.
나의 내부에 끊임없이 외치는 소리 하나가 있다.
나에게 소리치고 있는 그것이
나의 심장인지, 아니면 오장육부인지 알 수가 없다.

너희는 이들 노래를 알고 있는가. 너희는 이것을 부르지 않는다.

이것과 똑같은 강약으로 부르지 않는다.

너희에게는 아침마다 새로운 빛이 온다,

열려 있는 방으로 따뜻하게 들어온다.

그래서 얼굴을 마주 보고 있다는 느낌이 든다.

이것이 너희를 너그러움으로 잘못 빠지게 한다.

술꾼의 노래

Das Lied des Trinkers

그것은 내 안에 없었다. 노상 들락거리고 있었다.

그래서 그것을 붙잡아 두려고 했다. 그런데 술이 그것을 붙잡았다.

(그것이 무엇이었는지는 생각나지 않는다.)

그때부터 술은 이것저것 붙잡아서 내게 보여 주었다.

결국 나는 술에게 완전히 몸을 맡기고 말았다.

바보 같은 짓이었다.

지금 나는 술의 노름 밑천으로 사용되고 있다.
술은 경멸하듯이 나를 흩뿌리고, 오늘 중에라도
죽음이라는 짐승에게 나를 잃고 마는 것이다.
죽음은 지저분한 딱지인 나를 따먹으면
나를 가지고 회색 부스럼 딱지를 긁고
그러고는 오물 속으로 훌쩍 던져 버린다.

자살자의 노래

das Lied des Selbstmörders

그러니까 이제 바로 눈앞에 있다.
목맨 밧줄이 몇 번이고 잘렸으니
어쩔 수가 없다.
전번에는 준비를 그렇게 잘했고
나의 내장에 이미

약간의 영원이 자리 잡지 않았던가.

사람들은 나에게 숟가락을 내민다.
한 숟가락의 목숨을.
싫다. 더는 필요하지 않다.
나 자신을 토해 내게 해 주었으면 한다.

목숨은 제법 괜찮은 것이고
세상은 속이 꽉 찬 단지라는 것을 안다.
그러나 그것은 나의 피로 가지 않고
머리로만 올라갈 뿐이다.

다른 사람에게는 영양이 되지만, 나에게는 병이 된다.
내가 사양하는 것을 이해해 다오.
적어도 천 년 동안은
섭생하는 것이 지금 나에게는 필요하다.

과부의 노래

Das Lied der Witwe

인생도 처음에는 저에게 친절했습니다.

따뜻하게 안아 주고, 힘을 불어넣어 주었습니다.

모든 젊은이에게 인생이 으레 그렇게 한다는 것을

그 무렵에 제가 어찌 알 수 있었겠습니까.

어느 날 갑자기, 인생이 그냥 흘러만 가는 세월이 되고 말았습니다.

이제는 좋지도 않고, 새롭지도 않고, 아름답지도 않았습니다.

마치 한가운데서 두 쪽으로 갈라진 것 같았습니다.

그것은 그이의 죄도, 저의 죄도 아니었습니다.

저희 둘은 참는 것밖에 몰랐습니다.

그러나 죽음은 참지 않았습니다.

저는 죽음이 오는 것을 보았습니다. (아주 흉하게 왔습니다.)

그러고는 하나하나 앗아가는 것을 보았습니다.
빼앗긴 것은 처음부터 제 것이 아니었습니다.

도대체 무엇이 제 것이고, 무엇이 제 몫이었습니까.
저의 비참함마저도 단지
운명에서 빌려 온 것이 아니었습니까.
운명은 행복뿐만 아니라
고통과 비명까지도 되찾아 가려고 합니다.
그리고 몰락까지도 고물로 사는 것입니다.

운명이 거기 와서
제 얼굴의 모든 표정을,
걷는 걸음새까지도 거의 공짜로 가져갔습니다.
그것은 날마다 열리는 재고품 떨이였습니다.
이리하여 제가 빈털터리가 되자
운명은 저를 버리고 활짝 열어 놓은 채 떠났습니다.

바보의 노래

Das Lied des Idioten

사람들은 나를 방해하지 않는다. 나를 내버려 둔다.
아무 일도 일어나지 않을 거라고 말한다.
정말 좋은 일이다.
아무 일도 일어나지 않는다. 오는 것은 모두
성령의 주위를 끊임없이 돌고 있다.
(너도 알고 있듯이) 어떤 영혼의 주위를—
정말 좋은 일이다.

아니, 위험한 일은 없으니까
정말 걱정하지 않아도 좋다.
물론 피가 있다.
피는 가장 무거운 것이다. 피는 무겁다.
때때로 나는, 이제 어쩔 수 없다고 생각한다—
(정말 좋은 일이다.)

아, 이것은 아주 예쁜 공이다.

빨갛고, 둥글고, 마치 사통팔달四通八達 같다.

너희가 이것을 만든 것은 좋은 일이다.

부르면 공이 올까.

이 모두가 참으로 이상하게 행동하고 있다.

서로 뒤섞여 함께 움직이는가 하면, 따로따로 떠돌기도 한다.

다정하게, 조금 애매하게.

정말 좋은 일이다.

고아의 노래

Das Lied der Waise

저는 누구도 아니고, 누구도 되지 않습니다.

지금 저는 존재하기에는 너무 작습니다.

그러나 나중에도 마찬가집니다.

세상의 많은 어머니들, 그리고 아버지들,
저를 불쌍히 여겨 주세요.

양육한 보람도 없이
저도 역시 수확을 위해 베이게 되어 있습니다.
누구도 저를 부릴 수 없습니다. 지금은 너무 이르고
내일이면 너무 늦습니다.

저는 옷이 이 한 벌밖에 없습니다.
천이 닳고, 빛이 바랩니다.
그러나 오래 견딜 것입니다.
아마 하느님 앞에서도 견디겠지요.

제가 가지고 있는 것은 약간의 머리카락뿐입니다.
(언제나 변하지 않았던 것)
옛날에 어떤 사람이 가장 사랑하던 것입니다.

그 사람은 이제 아무것도 사랑하지 않습니다.

난쟁이의 노래

Das Lied des Zwerges

나의 영혼은 아마도 착실하고 선량한 것 같다.
그러나 나의 심장, 나의 비꼬인 피,
나를 아프게 하는 이런 것들을
곧추세워서 운반하지 못한다.
영혼은 정원도 없고, 잘 곳도 없다.
그래서 나의 뾰족한 뼈대에 매달려
무서운 듯이 날갯짓을 하고 있다.

나의 손으로도 이제는 아무것도 할 수 없다.
보라, 주눅이 잔뜩 들어 있지 않은가.
축축이 젖어서 무거운 듯이
비 온 뒤의 작은 두꺼비같이 끈덕지게 뛰어오른다.
내 몸에 붙어 있는 다른 것도
헤지고 낡아 빠져서 몰골이 흉하다.

이런 것을 몽땅 거름 위에 버리지 않고
하느님은 왜 주저하고 계시는지 모르겠다.

무뚝뚝한 입을 가진 내 얼굴 때문에
하느님은 화를 내고 계실까.
마음속에서는 얼굴이 아주 여러 번
정말 밝고 깔끔해진 것 같았는데
큰 개들보다 더 바짝 이 얼굴 옆에 다가온 것은
아무것도 없었다.
그런데 개들은 얼굴이 없다.

문둥이의 노래

Das Lied des Aussätzigen

보다시피 나는 세상에서 버림받은 인간이다.
시내에서 나를 알아보는 사람은 아무도 없다.
나는 문둥병에 걸린 것이다.

그래서 나는 딸랑이를 흔들어서
근처를 지나가는 사람들의 귀에
나의 가슴 아픈 호의를
자상하게 전한다.
어색하게 딸랑이를 듣게 된 사람들은
아예 이쪽을 쳐다보지 않는다. 여기서 일어난 일 같은 건
알고 싶어 하지 않는 것이다.

딸랑이가 들리는 범위 안에서는
나는 안심할 수 있다. 그러나 아마도
딸랑이 소리를 너무 크게 내는 것 같다.
그래서 지금 나의 근처를 지나가는 사람은
나와는 먼 곳에도 들어오지 않으려 한다.
이리하여 나는 소녀도, 여자도, 남자도,
그리고 아이도 만나지 않고
꽤 오랫동안 걸을 수 있다.

짐승들은 놀라게 하고 싶지 않다.

파울 클레, 〈세네시오〉(1922)

보는 사람

Der Schauende

수목들의 모습에서 나는 폭풍을 본다.
따뜻해진 나날에서 생긴 폭풍이
나의 불안한 창문을 두드린다.
나는 먼 곳이 이야기하는 것을 듣는다,
친구 없이는 견뎌낼 수 없고
누이 없이는 사랑할 수 없는 것들을.

드디어 폭풍이 불어온다, 사물의 모습을 바꾸어 놓는 것이.
그것은 숲 속을 뚫고, 시간 속을 뚫고 불어온다.
그리고 모든 것이 나이가 없는 것 같고,
풍경은 시편의 시구처럼
진지한 것, 중후한 것, 그리고 영원한 것이 된다.

우리가 싸우고 있는 상대는 참으로 왜소하다.

우리와 싸우고 있는 상대는 참으로 거대하다.
우리가 사물과 더 많이 닮았다면
그리고 커다란 폭풍이 우리를 제압하는 대로 맡겨 둔다면—
우리는 넓어지고, 이름도 없는 것이 될 것이거늘.

우리가 무찌르는 것은 보잘것없는 것이다.
성과 자체가 우리를 위축되게 한다.
영원한 것, 보통이 아닌 것은
우리들에 의해 휘어지는 것을 원하지 않는다.
그것은 구약성서의 격투자들에게 나타났던
천사이다.
격투 중에 상대의 힘줄이
금속처럼 늘어나면
천사의 손가락 끝은 그것을

심오한 선율을 자아내는 현 같다고 느낀다.

이 천사에게 제압당한 자,
투쟁을 곧잘 포기하는 자, 바로 그자는
주조한 것처럼 그의 몸에 달라붙어 있던
저 엄격한 손에서 꼿꼿이, 의연히,
그리고 당당히 걸어 나온다.
승리가 그를 불러낸 것이 아니다.
점점 더 위대해지는 자에서
깊이 패배당한 자가 되는 것, 그것이 그의 성장이다.

어느 폭풍우의 밤에서 〈6〉*

Aus einer Sturmnacht 〈6〉

이런 밤마다 모든 마을은 같아진다.
모두가 깃발로 장식된다.
깃발마다 폭풍에 낚아채여서
머리채를 잡힌 듯
몽롱한 윤곽과 하천이 있는
어떤 나라로 끌려간다.
그러자 모든 정원마다 연못이 있고
어느 연못가에도 꼭 같은 집이 있고
집집마다 꼭 같은 등불이 있다.
그리고 사람들이 모두 닮아 보이고
얼굴에 두 손을 대고 있다.

* 연작시 〈어느 폭풍우의 밤에서〉 9편 중 여섯 번째 시.

끝맺는 시詩*

Schlußstück

죽음은 크고도 넓다.

우리는

웃고 있는 그의 입.

우리가 삶의 한가운데 있다고 생각할 때

그는 우리의 한가운데서

굳이 울기 시작한다.

*《형상 시집》을 끝맺는 시.

앙리 루소, 〈잠자는 집시〉(1897)

해설

라이너 마리아 릴케의 시 세계

릴케의 시 작품을 편의상 전기 작품과 후기 작품으로 나누고, 이번에 번역한 《릴케 시집》에는 전기 작품에 속하는 네 개의 시집에서 166편을 수록했다. 전기 작품에 일반 독자들이 쉽게 접근할 수 있는 서정적인 작품이 많고, 또 릴케의 불후의 명작인 〈가을〉, 〈가을날〉, 〈고독〉 같은 작품과 〈엄숙한 시간〉 같은 감명 깊은 작품도 많이 포함되어 있기 때문이다. (후기 작품에 속하는 시집인 《새 시집》, 《두이노의 비가悲歌》, 《오르페우스에게 보내는 소네트》, 《후기의 시》 등은 가까운 시일 안에 《릴케 후기 시집》으로 엮을 생각이다.)

독자들에게 도움이 될까 하여 전기 작품에 속하는 시집 네 권을 아래에 간단하게 소개하기로 한다.

《첫 시집》

릴케는 열세 살, 열네 살 무렵부터 시를 쓰기 시작했는데 열아홉 살 때인 1894년에 이미 《인생과 노래》라는 시집을 내기도 했다. 이것은 그때 사귀고 있던 여자 친구를 위한 감상적인 연애시를 모은 것이다.

릴케의 《첫 시집》은 1896년과 1897년, 1898년에 각각 나온 세 시집 《성주에게 바치는 제물》, 《꿈을 관처럼 쓰고》, 《강림절》을 한 권에 묶고, 거기에 새로 다섯 편을 추가한 것으로, 동경과 환상과 불안, 그리고 꿈과 순수한 사랑을 솔직하게 노래하고 있다. 〈사랑이 어떻게 너에게로 왔는가〉 같은 예쁜 소품이 더러 보이기는 하지만, 아직은 릴케다운 개성이나 독자성은 찾아볼 수 없다. 아직도 자기 형성의 길목에서 방황하고 있지만 풍부한 포에지와 재능을 엿볼 수 있으며, 세 시집 사이에서 순차적으로 조금씩 향상된 흔적을 느낄 수 있다.

릴케는 이 무렵을 회고하면서 "당시에 저의 힘으로 할 수 있었던 것은 극히 적었습니다. 저의 감각은 미숙한 상태라 늘 머뭇거리고 있었습니다"라고 말하고 있다.

《초기 시집》

릴케의 다섯 번째 시집은 1899년의 《나의 축제에》다. 이 시집에서 릴케는 삶의 불안을 특유의 섬세한 감각으로 노래하고 있는데, 그의 독자적인 개성과 앞으로의 발전성을 보여주고 있어서 주목되며, 릴케의 시인으로서의 뛰어난 자질을 보여주는 좋은 작품이 많다. 특히 소녀를 주제로 한 일련의 작품은 릴케의 섬세한 직관과 깊은 이해력으로 인해 고귀한 품위를 지닌다. 릴케 자신도 이 시집에 대해서 "나 자신의 최초의 책"이라고 말한다.

그런데 이 《나의 축제에》는 1898년의 이탈리아 여행과 1899년, 1900년에 두 번에 걸친 러시아 여행을 거치면서 《시도서時禱書》(1905, 성직자가 아닌 평신도용 기도서)로 크게 발전하게 된다. 이 시집에 단막짜리 시극 《새하얀 귀부인》을 첨가해 1909년에 재판하면서 '초기 시집'이라고 새 제목을 붙였는데, 이때 개작하거나 새로 추가한 시가 많고, 동시에 삭제된 시도 많다.

《시도서》

1905년의 《시도서》에 이르러 비로소 릴케의 독자적인 풍

격이 나타난다. 각각 1899년, 1901년, 1903년에 완성된 〈수도사 생활〉, 〈순례자〉, 〈가난과 죽음〉등 3권의 3부작으로 되어 있으나 주제나 스타일에서 서로 긴밀한 연관성을 가지고 있어서 3부작 전체가 유기적으로 통일된 연작시의 모음이라는 것을 알 수 있다.

그리고 이 시집에 흐르고 있는 것은 원시적인 자연 인식과 신神은 어디에나 존재한다는 범신론적인 사상이다. 릴케의 문학적 생애를 전기, 중기, 후기로 나눈다면 이 시집은 릴케 전기 작품의 클라이맥스를 이루는 것이라 할 수 있다.

릴케는 이렇게 말한다. "저의 수많은 책 중에서《시도서》는 저에게 견고하고 조용한 장소를 만들어주며, 저 이상의 무엇처럼 앞으로 저를 도와줄 유일한 책입니다."

《형상 시집》

1899년에 베를린에서 쓴 작품들을 핵으로 한《형상 시집》의 초판이 나온 것은 1902년 7월이고, 한 달 후인 8월 말에 릴케는 파리로 주거지를 옮긴다. 그곳에서 릴케는 조각가 로댕과 친교를 맺으면서 그에게서 지대한 영향을 받게 된다. 또한 보들레르를 비롯한 프랑스 상징파 시인들의 시를 탐독하면서 이 시기의 그의 시작詩作에 중대한 전기를 맞게 된다.

1906년 12월 《형상 시집》의 재판이 나오게 되는데 1902~1906년까지 파리에서 쓴 시 36편이 추가로 수록되었다. 이들 작품은 중기의 걸작 《새 시집》으로 건너가는 징검다리 역할을 하는 주목할 만한 것인데, 특히 〈고독〉과 〈가을날〉, 〈가을〉 등 일련의 가을 시는 그 이미지가 마치 깊숙이 배어드는 적적한 음악 같아서 릴케의 영원한 걸작으로 많은 사랑을 받을 것이다. 그리고 프랑스 상징파 시인들의 영향을 엿볼 수 있는 연작시 〈갖가지 목소리〉 10편도 주목할 만하다.

릴케 소묘

괴테 이후 독일 문학계 최고의 시인으로 꼽히는 라이너 마리아 릴케는 1875년 12월 4일, 당시 오스트리아의 영토였던 보헤미아(지금의 체코)의 프라하에서 태어났다. 그는 자신이 귀족의 후예라고 말했지만 믿을 만한 근거는 없다.

그는 아버지의 희망에 따라 1886년 9월부터 1891년 7월까지 10대 초반의 5년 동안 육군병과학교에서 군인이 되기 위한 교육을 받았지만 적성에 맞지 않아서 자퇴했고, 고등학교를 마친 후 20대 초에는 프라하와 뮌헨, 베를린의 대학에서 미술사, 문학사, 역사철학 강의를 듣는 등 일반적인 교육 과정을 밟기도 했다.

그러나 그는 역마살이 끼었는지 한곳에 눌러앉아 살지 못하고 평생 동안 유럽 각지를 전전하면서 시 쓰기에 전념했다. 그러면서 체험을 승화하고 삶의 본질, 즉 사랑과 고독과 죽음의 문제를 추구하여 인간 실존의 궁극을 철저히 파고들어 밝힘으로써 20세기가 낳은 정상급 시인의 한 사람으로 평가받고 있다. 그는 1926년 12월 29일, 스위스 발몽에서 세상을 떠났다.

2014년 3월

송 영 택

옮긴이 **송영택**

서울대학교 문리과대학 독문과를 졸업하고 서울대학교 강사로 재직했으며, 시인으로 활동하면서 한국문인협회 사무국장과 이사를 역임했다.

저서로는 시집《너와 나의 목숨을 위하여》가 있고, 번역서로는 괴테《젊은 베르테르의 슬픔》,《괴테 시집》, 릴케《젊은 시인에게 보내는 편지》,《말테의 수기》,《어느 시인의 고백》,《릴케 후기 시집》,《사랑하는 하느님 이야기》, 헤세《데미안》,《수레바퀴 아래서》,《헤르만 헤세 시집》, 힐티《잠 못 이루는 밤을 위하여》, 레마르크《개선문》등이 있다.

릴케 시집

1판 1쇄 발행 2014년 4월 20일
1판 12쇄 발행 2024년 4월 10일

지은이 라이너 마리아 릴케 | 옮긴이 송영택
펴낸곳 (주)문예출판사 | 펴낸이 전준배
출판등록 2004. 02. 12. 제 2013-000360호 (1966. 12. 2. 제 1-134호)
주소 04001 서울시 마포구 월드컵북로 21
전화 393-5681 | 팩스 393-5685
홈페이지 www.moonye.com | 블로그 blog.naver.com/imoonye
페이스북 www.facebook.com/moonyepublishing | 이메일 info@moonye.com

ISBN 978-89-310-0771-8 03850